THE
TOWER
OF BABEL
바벨의 탑
FANTASY FRONTIER SPIRIT
푸른 하늘 장편 소설

바벨의 탑 10

푸른 하늘 장편 소설

초판 1쇄 찍은 날 § 2013년 8월 23일
초판 1쇄 펴낸 날 § 2013년 8월 28일

지은이 § 푸른 하늘
펴낸이 § 서경석

편집부장 § 권태완
편집책임 § 어정원
디자인 § 이혜정

펴낸곳 § 도서출판 청어람
등록번호 § 제1081-1-89호
등록일자 § 1999. 5. 31
어람번호 § 제1-1667호

주소 § 경기도 부천시 원미구 심곡2동 163-2 서경B/D 3F (우) 420-822
전화 § 032-656-4452팩스 § 032-656-4453
http://www.chungeoram.com
E-mail § chungeorambook@daum.net

ⓒ 푸른 하늘, 2012

ISBN 978-89-251-3439-0 04810
ISBN 978-89-251-3114-6 (세트)

바벨의 탑
THE TOWER OF BABEL
FANTASY FRONTIER SPIRIT
푸른 하늘 장편 소설
10
[사라진 마신들]

Contents

Chapter
01
정글

필리핀은 특성상 섬으로 이루어진 국가 형태를 가지고 있었다.

그래서인지 아직 원시부족이나 바다를 끼고 살아가는 문명의 혜택을 받지 못한 부족이 많은 편이었다.

그중에서도 특히 호로섬은 섬의 크기가 제법 컸고 나름 발달한 곳이지만 정글이 그만큼 크기 때문에 원시부족이 제법 많이 사는 곳이었다.

물론 지금 진운 일행이 이 참혹한 모습을 보기 전까지는 말이다.

“미친놈들…….”

베이스퍼는 지금 눈앞에 펼쳐진 광경을 보고는 욕지거리가 저절로 튀어나올 수밖에 없었다.

매캐한 냄새와 함께 시커멓게 타버린 사람 모양의 것들을 보고 있으면 말이다.

“어째서… 이렇게까지 할 필요가 있지……?”

진운은 담담하게 말을 하고 있지만 속에서 끓어오르는 분노는 베이스퍼와 별반 다를 것이 없었다.

금이 발견된 곳이 바로 자신들이 살고 있는 거주지 근처였다는 사실이 토착 원주민들의 입장에선 운이 없다는 말밖에는 할 수 없었다.

겨우 금 때문에 수백 년간 살아오던 원주민들이 한순간에 사라져 버린 것이다.

그것도 군인들에 의해서 말이다.

─도대체 인간들은… 어디까지 잔인해져야… 만족하는 거죠?

살아 있는 상태에서 타죽은 듯 그 표정까지 생생하게 느껴진 레이나는 결국 고개를 돌려 버릴 수밖에 없었다.

바스락.

손에 쥐자 뼈까지 완전히 타버린 듯 허무하게 부서져 버리는 것에 진운의 입에 힘이 들어갔다.

빠드득.

그런 진운의 모습을 보던 베이스퍼가 입을 열었다.

"국가를 위해서는 명분을 위해서는 무슨 짓을 해도 된다는 것이 녀석들의 사고방식이지."

그의 말에 레이나가 고개를 돌려 그를 바라보다가 말없이 진운을 쳐다봤다.

"가자."

―응.

이미 죽은 원주민들에게는 미안하지만 자신들은 가야 했다.

그래야 더 이상 죽는 사람들이 없어지니 말이다.

하지만 얼마 더 가지 않아, 또다시 발견된 것은 역시나 똑같이 타버린 시체와 잿더미뿐이었다.

그렇게 하나둘… 늘어만 가는 시체와 죽음의 향기에 결국 베이스퍼의 입에서 고성이 튀어나왔다.

"미친놈들!!! 이 섬의 원주민을 다 죽일 셈이냐!!"

벌써 일곱 번째였다.

완전히 타버린 흔적.

거기다 매캐하게 진동하는 탄내와 더불어 기름 냄새는 무엇으로 이런 짓을 했는지 확실하게 드러내고 있는 것이다.

“화염방사기…….”

너무나 비인도적인 무기라는 것에 결국 표면적으로는 군에서 사용이 금지된 무기.

사거리가 짧지만 특수 기름으로 만든 연료를 사용해서 한번 불이 붙으면 뼈까지 모두 타버릴 때까지 꺼지지 않는 불꽃을 가진 최악의 무기가 바로 화염방사기인 것이다.

—…자연의 품으로…….

레이나의 입에서 작은 속삭임이 들렸을까?

살짝 산들바람 같은 것이 불더니 거짓말처럼 주변을 가득 메웠던 타버린 냄새와 기름 냄새가 사라져 버렸다.

그리고 처음 원주민 마을은 흔적만 남아 있는 것과 달리 지금 이곳은 기름 냄새가 진동한다는 것은 그만큼 목적지에 가까워졌다는 것이기에 서둘러 발걸음을 옮겼다.

그리고 그리 멀지 않은 곳에 도착한 일행은 자신들의 눈앞에 보이는 모습에 어째서 원주민을 모두 태워 죽여야 했는지 이해가 되었다.

“이것 때문이었나……. 원주민을 다 죽여 버린 것이…….”

바람에 실려 코끝을 자극하는 향기.

그것은 시체 썩은 내였다.

그리고 썩은 냄새를 사방에 뿌리면서도 살아 있는 듯 걸어 다니는 것들을 보고서야 왜 원주민 마을을 다 잔인하게 불태워 버렸는지 이해가 된 것이다.

시체가 걸어 다닌다?

이미 그것 하나만으로도 절대로, 어떠한 일이 있어도 밖으로 퍼져서는 안 되었으니 말이다.

"베이스퍼."

"말하게."

진운이 말을 꺼냈지만 베이스퍼는 지금 눈앞에 걸어 다니는 시체를 보면서 시선을 떼지 않고 있었다.

"당신은 알고 있었습니까?"

진운의 질문에 베이스퍼는 고개를 흔들면서,

"내가 알았다면… 내 손으로 저것들을 다 없애 버렸을 것이네."

베이스퍼의 몸 안의 마나가 급격하게 흔들리면서도 빠르게 활성화되는 것을 느낀 진운은 지금 얼마나 그가 분노하고 있는지 바로 느낄 수가 있었다.

죽은 시체를 다시 걷게 하는 것.

사람들은 그것을 좀비라고 부른다.

하지만 사실 좀비란 부두교에서 살아 있는 사람에게 환각제를 투여해서 생각하고 판단하는 능력을 모두 정지시키고는 오로지 명령하는 대로만 움직이는 꼭두각시를 만드는 것이 그 시작이었다.

한마디로 사람들이 알고 있는 죽은 시체가 걸어 다니는 좀비란 애초에 존재할 수가 없다는 것이다.

하지만 진운은 그게 가능하다는 것을 알고 있었다.

지구에서는 불가능하지만, 대륙에서는 가능했으니 말이다.

살아 있는 생명을 움직이고 살아가게 하는 힘이 마나였다면 반대로 죽은 존재들에게도 힘을 넣어주는 것이 있었다.

그것은 바로 마기(魔氣)였다.

육체를 가지지 못한 존재들, 오로지 정신체로 이루어진 것들이 존재하기 위해서는 당연히 살아 있는 생명의 원천인 마나와 같지만 성격이 완전 다른 힘이 필요한 법이다.

그런데 여기서 조금 아이러니한 것이 마기가 생명의 원천인 마족은 본래 육체가 없는 녀석들이다.

즉, 정신체로 이루어진 것들이 너무나 강한 정신력에 의해 육체가 만들어진 것이 바로 마족이었다.

어쨌거나 마족과 같은 예를 제외했을 때, 생명의 기운이 사라진 것에는 당연히 마기가 스며들기 쉬운 법이다.

그리고 지금 자신들 눈앞에 보이는 좀비는 모두 마기가 스며들어 움직이는 꼭두각시에 불과한 존재다.

그럼 왜 화염방사기까지 사용해서 원주민들의 시체조차 남기지 않았는지 이해가 될 수밖에 없었다.

좀비들은 본능적으로 마기와 반대되는 힘인 마나를 싫어했다.

그것도 맹목적으로 말이다.

그런데 그런 마기에 의해 움직이는 좀비들 주변에 원주민이 있다면?

아니, 원주민의 시체라도 있다면 분명히 좀비들처럼 다시 살아날 것이 뻔했다.

거기다 원주민들이 좀비가 되면 본능적으로 살아 있는 인간을 향해 공격할 것이다.

자신들이 만든 좀비가 아닌 마기의 간섭에 의해 좀비가 된 녀석들은 통제가 불가능할 위험이 있다.

해서 확실하게 자신들의 통제 아래에 두려 지금 좀비들이 있는 곳을 중심으로 최대한 넓은 지역에 걸쳐 모든 살아 있는 인간을 소각해 버렸다는 것이 정확했다.

군사적인 작전으로 보면 가장 단순하지만 가장 효과적이라고 말할 수 있는 상황이었다.

하지만 참혹한 현장을 지나쳐 온 진운과 레이나 그리고 베이스퍼는 도대체 국가를 위한다는 명분 아래 얼마나 사람이 잔인해질 수 있는지, 그리고 명령받았다는 이유로 살아 있는 사람을 산 채로 태워 죽이는 짓도 서슴지 않는 것도 인간이라는 사실을 뼈저리게 느낄 수밖에 없었다.

한 과학자가 전기 충격 실험을 하면서 다른 사람의 명령으로 전기의 강도를 조금씩 높이는 실험을 한 적이 있었다.

처음에는 살짝 짜릿한 정도의 강도지만 과학자는 계속해서 전기의 강도를 높이기를 명령했다.

본래 이 실험을 기획한 과학자는 사람의 이성에 의해서 어느 정도 하다가 멈추거나 포기할 것으로 예상했었다.

하지만 그런 예상과 달리 실험에 참가한 사람들은 과학자가 강제로 명령하자 사람이 죽을 수 있는 강도까지 스위치를 올려 버렸다는 것이다.

이처럼 사람은 자신이 한 것에 대해서 그 어떠한 잔인한 짓이라도 명령을 받았다는 이유와 그 사람의 명령에 의해서 따를 수밖에 없었다는 핑계로 얼마든지 잔인해질 수 있었다.

그리고 그런 대표적인 예가 바로 군대이기도 했다.

명령에 살고 명령에 죽는다는 군대가 국가와 국민을 위한다는 허울 좋은 명분만 내세운다면 그 어떠한 짓이라도 서슴지 않고 저질러 버리는 것을 보면 말이다.

"그냥 지나쳐 가야 할까요?"

지금 자신들의 눈앞에 있는 것은 좀비였다.

보통 사람들에게는 세상이 멸망한 것처럼 무서운 일이다.

하지만 진운이나 레이나, 그리고 베이스퍼에게는 그냥 모른 체하고 지나치려고 하면 얼마든지 지나칠 수 있는 녀석들이기에 슬쩍 물어본 것이다.

사실 이런 녀석들을 상대하는 것은 아무래도 베이스퍼가 경험이 더 많을 것이기에 물어보자 베이스퍼도 현재 고민 중인 듯 눈동자가 흔들렸다.

"자네가 보기에는 저 좀비들이… 과연 명령이나 누군가의 통제하에 움직인다고 생각되는가?"

좀비들의 움직임을 유심히 보던 베이스퍼가 진운에게 물어보자 진운도 잠시 살펴보더니 고개를 저었다.

"통제가 된다면 근처의 원주민을 모두 태워 죽이는 짓을 하지 않았겠죠."

"하긴."

애초에 좀비를 마음대로 통제한다는 것 자체가 믿음이 가지 않는 편이었다.

죽은 녀석들이 되살아나 걸어 다니는 것도 믿기 힘든데 그런 좀비를 자신들의 명령을 듣게 만든다? 어림도 없는 말이었다.

무언가의 명령을 받고 움직이기 위해서는 이성이라는 것

이 조금이라도 남아 있어야 했다.

하지만 이미 죽어서 살이 썩어가고 있는 좀비들을 무슨 수로 통제한단 말인가? 말조차 알아듣지 못할 텐데 말이다.

단 예외가 있다면 저 좀비들이 모두 되살아날 만큼 마기를 공급해 준 녀석이라면 얼마든지 마음대로 부릴 수 있을지도 몰랐다.

하지만 그런 녀석이 근처에 있었다면 굳이 원주민을 모두 태워 죽이는 짓을 하지 않아도 되는 일이다.

그럼에도 그런 짓을 했다는 것은 저 좀비들은 그저 일정 공간에 머물면서 누군가 들어오지 못하도록 막는 방패막이 역할이라는 게 정확할 것이다.

그 증거로 지금 진운의 감각에 느껴지는 미군들은 좀비들이 있는 곳에서 한참이나 떨어진 곳에 있을 것으로 예상되니 말이다.

그런데 레이나가 물끄러미 좀비를 바라보더니 진운에게 말했다.

─진운, 좀비를 처리하자.

"응?"

좀비를 처리하려면 못할 것도 없지만 숫자만 해도 수백은 넘어 보이는 좀비를 다 처리하려면 아무리 진운이라도 제법 시간을 잡아먹을 것이다.

그런데 레이나가 진운에게 오히려 먼저 좀비를 처리하자고 하는 말에 영문을 몰라서 쳐다보자,

―좀비가 되살아나려면 당연히 마기에 물들어야 하겠지. 그럼… 저 좀비가 모두 마기를 가지고 있다는 말이잖아. 안 그래?

"…그렇구나."

진운은 그제야 자신이 미처 생각지 못한 것을 레이나가 짚어줬다는 것에 씨익 웃자,

―티끌 모아 태산이라는 속담이 있다며? 아무리 하찮은 마기라도… 수백 마리 정도면 제법 되지 않겠어?

"하긴."

레이나의 말이 맞았다.

아무리 시체를 살아서 움직이는 좀비로 만드는 데 마기가 적게 든다고 하더라도 그 숫자가 수백이 넘어간다면 이야기가 달라지는 것이다.

100원짜리가 모여서 천 원이 되고 천 원짜리가 모여서 만 원이 되듯, 아무리 작은 마기라도 지금 진운에게는 게티아에 봉인된 레오날드를 다시 깨우기 위해서 필요했다.

아니, 레오날드가 아니라도 게티아가 스스로 봉인을 깨서 다시 공간이동을 마음대로 사용하고, 바벨의 탑으로 진운이 출입하기 위해서도 마기를 모아야 했다.

워낙에 일의 중요도가 높은 것들이 갑자기 많이 생기는 바람에 잊고 있을 뿐, 게티아의 봉인이 다시 깨우기 위해서 마기를 모으는 일 또한 진운에게는 무척이나 중요한 것이었으니 말이다.

─그보다 마기를 흡수하는 방법은 있어?

레이나는 아직 진운이 마기를 어떻게 흡수하는지 몰랐기에 물어보자 진운은 그저 웃었다.

사실 자신도 어떻게 해야 흡수하는지 정확하게는 알지 못했으니 말이다.

하지만 단 한가지만은 확실했다.

마기에 게티아가 반응한다는 것을 말이다.

그것도 게티아와 마기를 가진 존재가 가까이 있을 수록 빠르게 반응한다는 것을 이미 경험으로 알고 있기에 게티아를 낀 손을 슬쩍 바라보던 진운은 아주 단순하게 생각하기로 했다.

"결국… 게티아와 저 좀비들이 닿으면 되는 거잖아."

그렇게 진운은 게티아를 낀 주먹에 힘을 주더니 그대로 훌쩍 뛰어올라서 수백 마리의 좀비가 가득한 곳에 내려섰다.

갑자기 혼자 중얼거리더니 훌쩍 뛰어서 좀비들 속으로 뛰어든 진운의 모습에 베이스퍼도 움직이려 했다.

하지만 레이나가 웃으면서 그를 막아서는 바람에 뛰어들
지 못했다.

"왜 막는 것이오?"

베이스퍼는 진운이 딱히 좀비들 때문에 위험하다고 판단
한 것이 아니라 그래도 동료이고, 빠르게 처리할수록 자신
들이 빨리 움직일 수 있으니 도와주려는 의도였다.

하지만 그런 베이스퍼의 판단을 가로막으니 의아할 수밖
에.

─기다려 보세요. 지금은 저희가 가만히 있는 게 진운을
도와주는 거예요.

"허허… 거참……."

레이나가 왜 저러는지 아직 베이스퍼는 이유를 몰랐지만
진운의 무력을 생각하면 딱히 위험하겠다는 생각은 들지
않아 결국 그대로 있기로 했다.

반면, 좀비가 우글거리는 가장 한복판에 떨어진 진운은
역시나 자신의 생각이 옳았단 사실을 여실히 느끼는 중이
었다.

끄어어어어…….

살아 있는 진운을 느꼈는지 좀비들의 시선이 일제히 진
운에게 집중되었으니 말이다.

쫘악.

하지만 한편으로는 오히려 좀비들이 자신에게 집중하는 것이 반가운 진운이었다.

쓸데없이 뛰어다니면서 좀비를 찾아서 죽이지 않아도 되니 말이다.

끄적… 끄적… 끄적…….

느릿느릿하게 움직이면서 마치 갈구하는 듯 손가락까지 움직이며 진운에게 다가오는 좀비들은 썩은 내를 내뿜으면서 달려들었지만,

슬쩍~

몸을 한 번 비틀어 피해 버렸다.

하지만 그렇게 행동하는 것과 동시에,

퍼걱!!

진운에게 달려든 좀비의 머리가 터져 나가면서 움직임을 멈춘 몸은,

털썩.

땅을 향해 무너져 버렸다.

그런데 그렇게 좀비를 처리한 진운은 오히려 입가에 미소가 맴돌고 있었다.

"레이나의 말이 맞았어."

진운이 느끼기에는 그리 많은 양의 마기가 아니지만 확실히 마기가 게티아에 흡수되는 것을 느낀 것이다.

　대륙과 달리 지구에서는 마기를 따로 흡수하거나 보충할 방법이 없는 상황에 겨우 좀비에 불과하지만 진운에게는 마기를 보충할 수 있는 소중한 녀석들이었다.

　"이크~"

　잠시 생각에 빠진 진운에게 또다시 좀비의 손이 뻗어왔다.

　동시에 진운의 발걸음이 한 발짝 옆으로 움직이더니 너무나 자연스럽게 좀비의 손길을 피하더니, 이번에는 오히려 품으로 파고들어갔다.

　겨우 손으로 한 뼘 정도 되는 거리까지 가까이 붙었다.

　당연히 보통은 이런 거리에서 공격이 될 리가 없었다.

　하지만 이렇게 가까운 거리까지 파고든 진운의 발에서 묵직한 소리와 함께 땅이 한 번 울리더니,

　쿵~

　퍼걱~

　휘이익~

　털썩.

　거의 손바닥 한 뼘 거리에서 내지른 진운의 주먹 한 방에 좀비의 몸은 무려 수십 미터를 날아가더니 땅바닥에 뒹굴었고 다시는 일어나지 못했다.

　그리고 그렇게 시작된 진운의 움직임은 오히려 시작을

알리는 신호탄에 불과할 뿐이었다.

부드럽게 피하면서 좀비의 품으로 파고드는 진운의 모습은 마치 좀비들이 진운이라는 자석에 끌려들어 가는 듯 착각할 만큼 너무나 자연스러웠다.

하지만 그런 모습과는 달리 진운의 품으로 들어온 좀비들은 짧고 강한 진각을 울리는 것과 동시에 여지없이 사방으로 날아가기 시작했다.

마치 커다란 폭죽을 터뜨린 듯 수십 마리의 좀비가 하늘로 치솟았고, 솟아오른 만큼 땅으로 떨어져 내리는 광경을 연출해 나갔다.

거기다 그렇게 좀비를 처리하는 진운은 언제부터인지 모르지만 눈을 감고 있는 상태였다.

마기가 보충된다는 것을 알게 된 이상 오히려 진운이 먼저 좀비들에게 달려들어 주먹질하기 시작했고, 아무리 많은 좀비라도 처리하는 것은 시간문제일 수밖에 없었다.

특히나 진운은 게티아를 통해 좀비가 다시 살아나게 된 원인인 마기를 흡수해 버렸으니 진운의 주먹이 스치기만 해도 좀비들은 마치 바람 빠진 인형처럼 쓰러지기 바빴다.

"신기하군."

베이스퍼는 맨손으로 좀비를 때려잡는 진운의 모습에 처음에는 좀 무식하다는 생각을 했었다.

아무리 좀비가 움직임이 느리고 단순한 행동을 반복하는 녀석이지만 이미 죽었다 다시 되살아난 녀석들이었다.

일반적인 물리적 공격으로는 녀석들을 죽이는 것이 힘들다는 것을 익히 알고 있었기에 진운이 맨손으로 뛰어든 것을 조금 걱정했던 것이다.

보통 영화나 소설에서 좀비는 머리만 처리하면 죽일 수 있다는 식으로 표현되지만 그건 영화나 소설일 뿐이었다.

이미 죽었다가 다시 되살아난 좀비에게 살아 있는 사람과 같이 뇌가 약점이 될 리가 없으니 말이다.

살아 있는 생명체인 인간이나 뇌가 중요하지, 이미 살이 썩어 들어가는 좀비가 머리가 없다고 죽는다는 건 누가 봐도 웃기는 일일 뿐이었다.

오직!

좀비를 죽일 수 있는 것은 전신을 태워 버리거나 마나가 가득한 무기를 활용해 좀비의 마기와 마나를 서로 충돌시켜 상쇄하는 방법으로 마기를 소멸시키는 방법이 유일했다.

그래서 레이나도 진운에게 마나를 사용하지 말라고 주의를 줬던 것이다.

그런데 베이스퍼가 봐도 지금 진운은 전혀 마나를 사용하지 않고 오직 맨주먹으로 좀비를 때려잡고 있으니 신기해할 수밖에 없었다.

게티아의 존재는 물론, 게티아가 마기를 흡수해서 힘을 잃은 좀비가 다시 죽은 시체로 돌아간다는 것을 알 리 없으니 말이다.

"생각보다… 제법 되는데?"

대충 30분이라는 시간이 흐른 뒤에 그곳에 서 있는 것은 오직 진운이었고, 그가 있는 곳을 중심으로 마치 꽃이 피듯 사방으로 좀비들의 시체가 퍼져 나간 모습이었다.

그리고 좀비를 모두 때려잡은 진운은 레이나가 말했던 '티끌 모아 태산'이라는 말이 얼마나 대단한 건지 실감하고 있는 중이기도 했다.

게티아를 낀 손가락에서 오랜만에 느낌이 왔으니 말이다.

하지만 스스로 봉인해 버린 게티아를 깨우기에는 아직 마기가 부족한 듯했다.

"역시나… 좀비들의 쥐꼬리만 한 마기로는… 힘든 거겠지."

진운도 좀비들의 마기를 흡수한 것으로 바로 게티아의 봉인이 풀리길 바라진 않았다.

오히려 혹시라도 레오날드에게 약간 도움이 되겠지~ 하는 생각에 좀비의 마기를 흡수했었는데 생각 이상의 양이라 약간이나마 기대했던 것이다.

하지만 진운은 지금 자신의 중심으로 바닥을 뒹굴고 있는 좀비의 시체를 보면서,

"도대체… 녀석들 무슨 생각으로 좀비까지… 부리는 거지……?"

사실 금을 옮기는 것에 좀비를 보초병 비슷하게 지키도록 이렇게 풀어놓는 것은 누가 봐도 이상했으니 말이다.

필리핀에서 나오는 야마시타 골드는 이미 미국이 정식으로 넘겨받았으니 굳이 좀비까지 동원해서 주변을 철저하게 격리시킬 이유가 없었다.

다른 국가의 스파이나 특수요원이야 조금 부담이 될 수도 있지만 군대가 완전히 둘러싸고 있으면 사실 아무리 특수요원이라도 힘든 것은 마찬가지였으니 말이다.

오히려 좀비가 나타나서 괜히 말이라도 새어나가면 그게 더 문제가 될 텐데도 좀비가 있다는 것은 뭔가 상황에 맞지 않는 것이다.

─다친 곳은 없어?

레이나는 자신이 보내놓고도 진운의 곁으로 오자 꼼꼼하게 진운의 몸을 살펴보았다. 그리고 먼지 하나 묻지 않은 모습에 안심하더니,

─진운~

뭔가 날카로운 눈빛으로 진운을 바라보았다.

"응? …왜?"

갑자기 레이나의 눈빛이 날카롭게 변하는 모습에 순간 진운이 당황해서 대답을 더듬거리자,

─눈은 왜 감은 거야?

귀신같이 진운이 눈을 감았다는 것을 본 레이나는 추궁하듯 진운을 몰아붙여 왔다.

그런 레이나의 모습에 당황하던 진운이 곧 웃으면서,

"그냥… 하하하하… 뭐 문득 실험해 보고 싶은 게 있었거든."

─실… 허… 엄… 이란 말이지??

말꼬리를 길게 늘어뜨리는 레이나의 말투는 누가 봐도 화가 났다는 분위기를 풍기고 있었다.

하지만 설마 그렇게 복잡한 상황에 그걸 봤을 것이라고 생각지 못했던 진운은 웃으면서 얼버무리려 했다.

하지만 끝까지 얼굴을 가까이 들이대면서 대답을 요구하는 레이나의 모습에, 진운은 결국 사과할 수밖에 없었다.

"알았어, 내가 미안해."

─…에휴……. 진운은 자신이 강하다는 것만 생각하고 있는 게 문제야.

사실 진운이 강한 것은 사실이다.

마나의 사용이 자유롭고 마음만 먹으면 국가를 상대로 게릴라전을 벌여도 절대로 지지 않을 만큼 말이다.

숫자? 쪽수가 많은 게 이긴다? 그건 모두 능력치가 비슷한 사람끼리나 통하는 이야기였다.

마나를 깨우치고 마스터가 되고 나면 이는 통용되지 않았다.

그때부터는 아무리 상대의 쪽수가 많아 봐야 오히려 휘두르는 만큼 잘 맞기에 크게 신경 쓰지 않을 수밖에.

하지만 그렇게 강해지면 누구라도 잊는 것이 있다.

그건 바로 아무리 강해도 결국 칼에 찔리면 상처 입고 총에 맞으면 죽을 수도 있다는 것이다.

마스터도 결국 사람이다.

더 강하고 마나라는 힘을 사용할 줄 알 뿐, 결국 사람이라는 것이다.

레이나가 보기에 상대가 좀비라고 하지만 진운이 눈을 감고 수십 마리의 달려드는 공격을 피하는 것은 아찔할 수밖에 없었다.

특히나 진운을 사랑하고 있는 레이나는 아무리 진운이 강해도 여자의 시선으로 볼 수밖에 없는 것이다.

"알아, 무슨 말 하려는지."

진운도 레이나가 무슨 말을 하려는지 알고는 있었다.

하지만 그런 걱정보다 진운은 자신이 무언가 변하려고 한다는 것을 은연중에 느끼고 있었고, 좀비를 상대로 몸을 움직이다 한번 시험해 보고 싶다는 생각에 즉흥적으로 눈을 감고 싸웠던 것이다.

진운은 정확하게 말하자면 체계적으로 배워서 힘을 얻은 것이 아니기에 백호연이 말한 느낀다는 것이 무엇인지 정식으로 배운 적은 없다.

하지만 한번 새로운 감각을 받아들인 진운은 자신에게 얼마나 변화를 가져올지 머리로는 몰라도 본능적으로 이미 그것을 알고 있기에 이번을 기회라 여겨 실험하려 했던 것이다.

─…잔소리 같겠지만…….

레이나도 사랑하는 사람에게 싫은 소리 하는 게 기분이 좋을 리가 없었다.

하지만 그게 어디 마음처럼 되는 것인가.

욱하는 마음에 진운을 몰아붙이긴 했지만 진정되니 미안한 마음에 뭐라고 하려던 레이나였다.

그런 자신의 뺨을 어루만지는 진운의 손길에 말하려던 레이나는 입을 다물었다.

"걱정하게 해서 미안해. 하지만 알고 싶어. 레이나, 네가 나에게 가르쳐 준… 것 외에 다른 것이 있다는 것이 너무나 즐거워서 말야. …이해하지?”

진운의 말을 들은 레이나는 문득 자신이 여행하면서 여자들에게 들었던 말이 떠올랐다.

아무리 사랑하고, 자신의 곁에 있어줄 것 같은 남자라도 무언가에 집중하면 그동안 사랑하던 여자도 몰라볼 만큼 하나를 향해 달려가는 남자와 그런 남자를 뒤에서 보아온 여자들의 인생이 담긴,

─남자들은 결국… 제멋대로 하는구나.

라는 말을 중얼거린 것이다.

그 말을 들은 진운은 멋쩍게 웃으면서,

“나도 남자였나 봐.”

변명이나 레이나를 달래기보다 오히려 순순히 인정해 버리는 진운이었다.

하지만 그런 진운의 모습을 본 레이나는 입가에 미소가 슬쩍 그리더니,

─역시… 그래야 내가 아는 진운답지.

레이나가 아는 진운은 변명이나 말을 돌리는 것은 하지 못했다.

아니, 하지 않는 편이라고 해야 했다.

차라리 말을 하지 않으면 안 했지, 어설프게 그 자리를

벗어나려고 거짓말을 하진 않으니 말이다.

　그리고 자신도 그런 것을 모두 알고 옆에 있기로 했기에 자연스럽게 레이나의 입가에는 미소가 그려진 것이다.

Chapter
02
좀비

“도대체 뭐지……?”

진운은 이 말을 하면서 한숨만 내쉬었다.

어떻게 된 것이 벌써 좀비들… 아니, 좀비 떼라고 하는 게 더 정확할 만큼 많은 숫자의 좀비를 처리했으니 말이다.

처음에는 처음에 나왔던 녀석들이 그저 금을 노리는 각국의 스파이나 욕심 많은 녀석들 때문이라고 생각했지만 지금 벌써 이동한 지 불과 두 시간밖에 되지 않았는데 이미 다섯 차례 좀비 떼를 처리한 상황이었다.

─지구에 흑마법사가 있는 줄은 몰랐는데.

레이나도 벌써 다섯 번이나 좀비 떼와 조우하자 이건 심각하게 생각해야 될 문제라고 인식하고 있었고 베이스퍼도 유심히 생각하면서 간간이 누군가에게 메시지를 보내고 있었다.

벌써 진운이 처리한 좀비는 수백 마리를 가볍게 넘는 숫자였다.

거기다 좀비의 모습이나 외형을 보면 필리핀 원주민이나 동남아계가 아니라 유럽이나 미국 쪽이었다.

한마디로 이곳에서 좀비를 만든 게 아니라 일부러 좀비들을 가지고 와서 이 섬에 풀어놨다는 결론밖에 되지 않는 상황인 것이다.

그리고 오는 길에 마침 미군이 처리하지 못한 토착 원주민들이 좀비 때문에 뜯어 먹힌 것을 확인한 상태였기에 좀비를 통제하기 위해서 처음에 외각의 원주민들을 불태웠다는 추측은 완전히 빗나가 버리기까지 했다.

상황이 이 정도까지 되자 급하게만 가던 진운 일행은 잠시 멈출 수밖에 없었다.

그저 금과 일루미나티 녀석들을 찾아서 온다고 생각했던 상황이 완전히 다른 방향으로 흐르고 있으니 말이다.

특히나 베이스퍼도 좀비가 이 정도로까지 많이 섬에 있

다는 것에 충격을 받은 상태였다.

"베이스퍼, 이것도 미국인가요?"

"…모르겠네, 나도."

베이스퍼가 아무리 국가공인 마스터라고 해도 현재 CIA에 쫓기는 몸이기에 그가 알고 있는 정보는 아무래도 적을 수밖에 없었지만, 그렇다기에는 지금 좀비의 숫자는 너무 부자연스러운 상황이었다.

일부러 누군가 섬에 풀어놓은 듯했으니 말이다.

거기다 처음 좀비를 만났을 때 외각 쪽의 원주민 마을은 완전히 불태워서 깨끗하게 만들어놓은 반면 좀비가 우글거리는 안쪽은 전혀 군의 손이 닿지 않은 듯한 모습도 뭔가 이상했다.

마치…….

"뭔가… 테스트를 위해 좀비를 던져놓았다는 느낌이에요."

진운이 지금까지 상황을 종합해서 풀이한 것을 한마디로 풀어내자 베이스퍼도 그 말에 눈빛이 날카롭게 변하더니,

"흐음……."

하는 한숨과 함께 잠시 생각하더니 무언가 떠오른 듯했다.

"설마… 그건가……."

“······??”

—······??

뭔가 의미심장한 말이 베이스퍼의 입에서 나오자 자연스레 진운과 레이나의 시선이 베이스퍼에게 모였다.

“이라크전이 일어나고 난 뒤였지, 아마. 국방부에서는 예상보다 너무 많은 군인의 희생에 주변의 질타와 눈칫밥을 좀 먹는 상황이었다고 했네.”

“이라크면… 걸프전 말이군요?”

걸프전이면 진운도 어느 정도 알고 있는 전쟁이었다.

그도 그럴 것이 뉴스나 속보 등을 통해서 전쟁이 생생하게 중계되었기에 아마 전 세계 방송국을 가진 국가라면 걸프전이 어떤 전쟁이었는지 어느 정도는 알고 있을 것이다.

그런데 지금은 시간이 흘러서 과거의 전쟁이 되어버린 이야기를 꺼내는 베이스퍼의 모습에 진운이 고개를 갸웃거리자,

“사실 국방부에서는 나와 같은 마스터로 이루어진 군대를 원했지.”

“······.”

진운도 베이스퍼의 말에 말없이 고개를 끄덕였다.

마스터로 이루어진 군대라… 생각만 해도 앞이 캄캄할 것이다.

마스터를 막을 수 있는 것은 마스터뿐이라는 것은 이미 오래전에 밝혀진 정설이었다.

일반적인 군인은 아무리 훈련하고 능력을 키워도 마스터에게는 그저 가볍게 몸 풀기용에 지나지 않았다.

총알을 눈으로 보고 피하거나 검으로 베어버리는 초인적인 힘을 가진 마스터를 무슨 수로 따라가겠는가.

국가에서 마스터로 이루어진 군대를 원하는 것은 당연했다.

하지만 현재 마스터로 이루어진 군대는 그 어디에도 없었다.

왜냐하면 마스터는 오직 마나를 받아들이고 마나를 깨우쳐야 오를 수 있는, 한마디로 훈련이나 연습으로 다다를 수 있는 경지가 아니었으니 말이다.

그렇지만 베이스퍼의 표정만 봐도 그런 것을 인정하지 않으려는 녀석들이 꼭 어디에나 있는 법이다.

특히 과학이라는 것을 맹신하는 녀석들이 말이다.

"군 특수부에 있는 다섯 명의 박사가 마스터의 힘이 기(氣)라는 것을 이용해서 일시적으로 초인적인 힘을 발휘한다는 것까지는 밝혔지만 어째서 그런 힘이 나오는 것인지는 알지 못했지. 그런데 그 박사 중에 한 명이 보이지 않는 기를 탐구하기보다 인간의 공포심을 없앤다면 더욱 강한 병사가 나오지 않을까 하는 의견을 냈다고 하더군.”

“…인간의 공포라면……?”

“그렇네. 자네도 알고 있는지 모르겠지만 본래 인간은 자신의 힘에 50~60%만 발휘하도록 뇌에서 억제를 한다고 들었네. 그런데 박사 중에 하나는 우리 마스터들은 그 뇌에서 억제하는 기능을 마음대로 조절할 수 있다고 생각한 모양이야.”

베이스퍼의 말을 들은 진운은 자신도 모르게 한숨이 나왔다.

겨우 몸에 부담을 주지 않는 상황에서 무의식적으로 힘을 억제하도록 뇌가 제어하는 것을 조절하는 것이 마스터라…….

생각지도 못했던 이론이었던 것이다.

그리고 그런 말을 한 베이스퍼도 진운도 그저 웃을 뿐이었다.

진운은 마나라는 것을 알고 받아들였으니 터무니없는 생각이라는 것을 알고 있기 때문이었고, 베이스퍼 또한 마찬가지였다.

깨달음이란 어떻게 누군가에게 말로 설명할 수 있는 게 아닌데 그것을 이론적으로 풀이한다? 생각할 가치도 없는 이론이었다.

이들에게는 하찮은 헛소리일 뿐이었다.

그런데 그 이론이 국방부의 높은 자리에 있는 녀석들에게는 먹혀들어 갔다는 것이 문제였다.

"통증을 없애는 방법을 시도했겠군요."

진운이 나직하게 말하자 베이스퍼는 고개를 끄덕이면서,

"맞네. 지원자 중에 목 쪽의 신경전달 부분을 전기로 태워 버려 아예 목 아래쪽의 통증을 완전히 느끼지 못하게 만들었지. 그리고 그 결과 통증을 느끼지 못한 군인들은 확실히 같은 훈련을 한 군인보다 압도적으로 강했다고 하네."

"하긴……."

나직이 고개를 끄덕인 진운이었다.

그냥 생각해 보면 간단한 것이다.

인간은 죽는 것을 싫어한다.

왜 그럴까?

간단한 이유 때문이었다.

죽을 때 엄청 괴롭기 때문이기도 하지만 자신의 모든 것을 잃어버린다는 공포가 더 강했다.

하지만 이런 것은 일반적인 사람들에게 해당하는 것이고 군인에게 공포는 좀 더 직접적인 다가올 수밖에 없는데 바로 작전이나 임무를 수행하는 중에 죽는 것이었다.

총알이 빗발치는 전쟁터에서 다치거나 죽는 것만큼 무서

운 게 없으니 말이다.

그리고 그런 죽는다는 공포의 시작이 바로 고통이었다.

"주먹이 부서져도, 다리가 부러져도 아픔을 느끼지 못하는 녀석들은 무서울 게 없었지. 왜냐하면 자신이 죽는 순간까지 움직일 수 있으니 말야."

심장이나 머리를 공격당해 즉사하지 않는 한, 끝까지 움직이는 병사를 생각해 보라. 그것은 아군에게는 힘이 되지만, 적에게는 공포 그 자체였다.

하지만 그게 그들을 만족시켰다면 지금 좀비들이 이렇게 나타날 리가 없었다.

통제가 되지 않는 좀비를 만들어낸다는 것은 그들에게도 커다란 리스크가 생기는 셈이었으니 말이다.

"하지만 결국 고통을 느끼지 않는 병사라고 해도 살아 있는 인간인 이상 죽는 것은 똑같지. 그리고 그렇게 상황이 나빠질 때 그들이 군에 손을 내밀었다고 하네."

"그들… 이라면……?"

"그래, 일루미나티 녀석들이지, 그들은 몰래 박사와 접촉을 해서 도와주기로 했지. 그리고 마침내 고통도 죽지도 않는 병사를 만들어냈다고 들었네."

베이스퍼의 말을 들어보면 단번에 좀비라는 것을 떠올릴 수밖에 없었다.

고통도, 죽지도 않는 녀석이었으니 말이다.

특히나 총이나 칼로 좀비를 죽이는 것은 불가능했다.

완전히 몸을 갈기갈기 찢어버리든지 뼈까지 태워 버리는 것이 아마 유일했을 테니 말이다.

그런데 진운은 지금까지 대화를 듣다가 조용히 베이스퍼를 보면서,

"베이스퍼는… 믿지 않으셨군요?"

"물론. 고통은 몰라도… 죽지 않는 병사라니……. 영화나 소설에서나 나올 법한 이야기가 아닌가? 그걸 믿기에는 내가 좀 오래 살았거든. 그리고 때마침 난 CIA에 쫓기는 신세가 되면서 깊이 생각할 여유도 없었지. …하지만 지금 상황을 보니 아무래도 사실인 듯하네."

좀비만 수백 마리를 만났으니 이건 믿을 수밖에 없는 처지였다.

그런데 베이스퍼는 여전히 고개를 갸웃거렸다.

"하지만 내가 알기로 마족은 좀비를 만들지 않는다고 들었는데……."

"네? 그게 무슨 말이죠?"

진운은 의외로 베이스퍼가 마족에 대해서 많이 알고 있는 듯한 말투에 되묻자,

"현중 군이 데리고 다녔던 테른이라는 부하가 있는데 그

가 바로 마족이었거든. 그리고 나도 과거에 마족과 싸운 경험이 있었고 말야. 하지만 내가 아는 안에서는 마족은 이런 인간의 시체를 가지고 장난치는 짓을 하지 않았네. 아니, 오히려 싫어했지. 자신들의 격이 떨어진다고 말야.”

“격… 이요?”

“자네는 마족을 직접 만난 적이 었었는가?”

진운으 베이스퍼의 말에 고개를 끄덕였다.

물론 마족이 아니라 마신이었지만 말이다.

하지만 마신이나 마족이나 마기로 살아가는 존재인 것은 같으니 크게 다를 것은 없었다.

“그럼 그들이 뒤에서 간계를 부리길 좋아하던가? 아니면 직접 싸우길 좋아하던가?”

“…음……..”

아직까지 진운이 만난 마신은 겨우 둘이었다.

하지만 그 둘 다 당당했고, 자신이 마신이라는 것을 숨긴 적이 없었다.

아니, 오히려 진운과 마주서기 위해 자신만의 공간까지 만들어내는 행동도 서슴지 않았었다.

“직접 싸웠습니다. 제가 만난 녀석들은요.”

진운의 말을 들은 베이스퍼는 고개를 끄덕이면서,

“역시나. 마족은 그런 녀석들이지, 자존심이 자신들의 모든 것, 그리고 자신의 존재를 대변하는 하나의 얼굴이라고 생각하는 녀석들이네. 그런데 그런 녀석들이 자신의 힘을 나눠서 죽은 시체를 일으켜 세운다? 뭔가 이상하지 않은가?"

마족에 대해서 딱히 깊게 생각해 보지 못했던 진운은 베이스퍼의 말을 듣고는 더욱 이상하다는 생각만 깊어졌다.

마족이 굳이 자신의 힘을 나누면서까지 인간의 시체를 되살린다?

뭔가 앞뒤가 맞지 않는 것이다.

차라리 좀비를 만들었다면 당당하게 모습을 드러내서 맞짱 뜨는 것이 진운이 알고 있는 마족이었고, 베이스퍼가 알고 있는 마족이었던 것이다.

"…이건 인간의 짓이야. 일루미나티… 도대체 녀석들은 무슨 짓을 꾸미고 있는 거지……?"

베이스퍼는 좀비를 되살린 것은 마족이 아니라 인간이라고 확정적으로 생각하는 듯했다.

물론 진운도 베이스퍼의 생각에 어느 정도 동의는 했지만 전부 받아들일 순 없었다.

인간이 마기를 다룬다? 흑마법사도 마기를 다루진 못한다고 들었다.

네크로멘서도 자신과 계약한 마족의 힘을 빌려 쓰는 것

일 뿐, 마기를 시체에 집어넣는 것은 하지 못하니 말이다.

하지만 진운이 직접 싸워본 좀비들은 누군가의 조정을 받거나 그런 녀석이 아니었다.

오로지 산 자를 향해 맹목적으로 공격하는 본능만 살아 있는 좀비였던 것이다.

만약 죽은 자를 다룬다는 흑마법사인 네크로멘서가 관련되어 있다면 지금까지 수백 마리의 좀비를 진운이 처리할 동안 모습조차 보이지 않는다는 것은 이해가 가지 않았다.

그뿐인가.

네크로멘서의 통제를 받는 좀비는 명령이 없으면 그 어떤 짓도 하지 않는 녀석들이었다.

지금까지 진운이 처리한 좀비와 완전 반대인 것이다.

"뭐지……? 도대체 무슨 수로… 인간이 마기를 다루는 거지……?"

진운도 인간이 마기를 다룬다는 것에 머리가 복잡해지기 시작했다.

마기나 마나의 개념이 없는 베이스퍼는 그저 일루미나티가 뭔가 이상한 짓을 했다고 생각하고 있었고, 그렇게 믿고 있을 뿐이었다.

뭐, 그게 틀린 것은 아니었다.

확실히 진운이 생각해도 수백 마리의 좀비를 이렇게 섬

에 풀어놓을 정도로 움직이려면 엄청난 자금이 들어갈 텐데, 그런 자금을 움직일 수 있는 녀석들은 일루미나티가 가장 유력하니 말이다.

거기다 베이스퍼의 말을 들어보면 거의 90% 확률로 좀비를 만든 것은 일루미나티가 확실했다.

그런데 진운이 걱정하는 것은 바로 좀비를 만들 때 사용한 마기를 일루미나티가 사용할 수 있느냐였다.

마나와 완전 반대의 성질을 가진 마기는 살아 있는 생명, 즉, 마나의 힘에 의해 살아가는 모든 존재는 다룰 수가 없는 불변의 법칙이 있다.

한데, 지금 일루미나티는 그 불변의 법칙을 완전히 깨뜨리고 있으니 생각할수록 머리가 아플 수밖에 없었다.

─진운.

"응?"

베이스퍼와 둘이서 머리가 아프도록 고민하고 있는 상황에 레이나가 부르자 고개를 돌린 진운이었다.

─혹시… 혼자 넘어왔을 때, 직접 마신과 만난 적이 있어?

"마신과……? 아니, 대신 마신의 힘 때문에 고통받았던 사람은 만난 적이 있어."

중국에서 레이의 언니 소이가 바로 마신의 힘으로 괴로

워했었으니 말이다.

얼마나 그 힘이 강했으면 진운도 죽을 뻔했고, 아스타로트가 그 마기를 느끼고 한 번에 진운이 있는 곳까지 날아왔을 정도였기에 마기의 질을 따지면 거의 마신과 맞짱 뜬 거나 마찬가지이긴 했지만 마신을 만난 적은 없었다.

―뭔가 이상하지… 않아?

"응?"

갑자기 뭔가 이상하다는 레이나의 말에 진운이 고개를 갸웃거리자,

―마신들 말야.

"마신들이 이상하다니… 뭐가?"

―나도 지금 든 생각인데… 72마신, 봉인이 풀린 지 제법 오래되지 않았어?

진운은 레이나의 말에 잠시 생각해 보자, 레이나의 말이 옳다는 걸 깨달았다.

게티아에서 72마신이 풀려난 지 최소 수백 년은 지났으니 말이다.

정확하게 언제 게티아에서 72마신이 풀려났는지 진운도 알지 못했다.

레메게톤에 쓰여 있지 않았으니 말이다.

하지만 대충 솔로몬이 남긴 이야기를 보면 최소 수백 년

은 전이긴 했다.

"최소⋯ 수백 년은 지났겠지 아마⋯⋯."

―그런데⋯ 진운이 찾은 마신은 겨우 두 명이야. 그리고 그중에 레오날드는 지구가 아닌 대륙에 있었어. 그리고⋯ 마신이라면 마족과 다르긴 하지만 근본적으로 마기를 사용하는 존재인 것은 같잖아.

레이나의 말을 듣던 진운이 당연한 말에 고개를 끄덕이자,

―그럼 왜 이렇게 조용한 거야?

"응?"

―그렇잖아, 마신이나 마족은 공포, 쾌락, 그리고 고통을 자신들의 양분으로 살아가는 존재야. 그럼 당연히 지금 지구가 몇 번은 뒤집히고도 남아야 하는 게 정상이잖아. 과거 대륙에는 마족이 쳐들어왔을 때 대륙의 인구가 1/100로 줄어들기까지 한 역사가 있었어. 그런데 그런 것에 비해 여기 지구는 너무 평화롭지 않아?

"⋯⋯."

레이나의 말에 진운은 고개를 갸웃거리더니 레이나의 말을 되짚어보았다.

그러고 보니 뭔가 이상한 것이 한두 가지가 아니었다.

72마신이 해방되어 세상에 튀어 나왔는데, 세상은 뭐 세

계대전이 벌어지긴 했지만, 레이나가 말했던 대륙의 인구
가 1/100로 줄어들 만큼 엄청난 재앙은 아니었으니 말이
다.

그뿐인가.

진운이 게티아를 계승했는데 마신들이 너무 조용했다.

마신들에게 최대 약점이자 최대 적은 바로 진운과 진운
이 가진 게티아일 것이다.

물론 레오날드처럼 조용히 게티아 안으로 들어가는 마신
도 있지만 아스타로트만 해도 진운과 크게 한바탕하기 직
전까지 갔었으니 마신들이 조용하다는 것은 뭔가 이상할
수밖에 없었다.

마기를 가진 존재였으니 싸우기 좋아하고 호전적인 것은
굳이 설명할 필요도 없는데 진운이 그렇게 찾아다녀도 마
신은 코빼기도 보이지 않았었다.

거기서 그치는 게 아니다. 아스타로트도 자신이 본래 신
으로 있던 위치로 올라가기 위해 자신을 타락시킨 아스도
렛을 그렇게 찾아 헤매고 있지만 아직 찾지 못하고 있는 것
도 뭔가 이상했다.

진운이 찾지 못하는 것은 논외로 치더라도 같은 마신인
아스타로트조차 찾지 못한다는 것이 뭔가 강하게 진운의
머릿속에 남아 있었으니 말이다.

“설마… 명색이 마신인데, 늙어 죽은 것은 아닐 테고.”

그냥 무심결에 한 진운의 한마디에 레이나는 실눈으로 진운을 보더니,

—진운, 농담할 분위기 아니야…….

“…그냥 해본 말이야.”

—마족이나 마신은 기본적으로 정신체야. 유령이나 그런 것처럼 정신력이 너무 강해서 육체를 가진 녀석들이기에 기본적으로 정해진 수명이 없어. 그러니 죽는다는 것은… 좀 억지스러운 생각이야.

날카롭게 따지고 드는 레이나의 말에 진운은 바로 사과했다.

“미안해. 그냥 너무 이상해서 해본 말이야.”

—알았어. 가끔 보면 진운은 너무 긴장감이 없어서 그게… 좀 문제야.

이미 좀비들을 상대할 때 눈을 감았다는 이유로 레이나에게 찍힌 상태인 진운은 말실수 한 번 했다가 된통 당하기만 했다.

하지만 레이나는 그저 자신의 느낌을 말했지만 진운이 판단하기에 너무 이상하긴 했다.

수백 년 전에 봉인에서 벗어난 마신들이 지금까지 조용하다?

도무지 상상할 수 없는 상황이었다.

마신들이 갑자기 착하게 변했을 리도 없었고 말이다.

미처 생각지는 못했지만 도무지 이해가 가지 않게 너무 잠잠한 마신들, 그리고 마기를 다루는 일루미나티……

아무리 생각해도 둘의 연관성이 너무나 강하게 느껴지는 진운이었다.

"우선 먼저 움직이도록 하지."

베이스퍼는 진운이 너무 깊게 생각으로 빠지는 듯해서 한마디 하자,

"…그러죠. 지금 상황에 혼자 고민해 봐야 결국 제 추측에 지나지 않으니까요."

어차피 일어날 생각이던 진운이 가볍게 일어섰다.

그리고 궁금증 때문에라도 빨리 테칸을 만나야 했다.

그에게서 들어야 할 이야기가 산더미처럼 많았으니 말이다.

특히나 지금까지 생각지 못했던 여러 가지 의문이 튀어나오자 진운이 겪은 마신과 계약했던 다른 사람들과 달리 테칸의 힘이 너무 강하다는 점 또한 너무나 이상하게 느껴지기 시작한 것이다.

로이칸도 테칸에 맞먹을 만큼 강하다는 것이 마신과 계약해서 힘을 사용한다는 것은 말 그대로 무언가 대가를 바

치고 마신의 힘을 얻어서 사용한다는 것인데, 그런 것치고
는 너무 강했다.

마신이나 마족이 인간과 계약할 때 좋아하는 것은 바로
인간의 영혼이었다.

특히나 공포에 젖어 있거나, 슬픔, 고통에 찌들어 있는
영혼은 그만큼 다른 영혼보다 마이너스적인 기운이 강할
수밖에 없었고, 당연히 그런 것을 가장 좋아하는 것이 바로
마족이나 마신이었다.

그런데 마족은 교활했다.

자신의 힘을 빌려주되 어느 일정 이상의 힘을 빌려주지
않는 것이다.

마족이 이 정도인데 마신은 더 교활하고 지능적일 수밖
에 없었다.

무엇보다 아스타로트가 계약했을 때도 겨우 염동력을 발
휘하는 정도가 끝이었다.

왜냐하면 더 많은 힘을 쓰기에는 마신의 힘을 인간의 몸
이 버틸 수가 없으니 말이다.

살아 있는 사람이 마기를 너무 자주 사용하면 그만큼 마
기에 물들어서 죽는 것이 일반적이었다.

마기와 마나는 서로 반대 성질이 있어 서로 갉아먹는 편
이었고 상황에 따라 더 강한 쪽이 약한 쪽을 갉아먹는 것이

보통이다.

일반적인 사람의 마나가 아무리 강해봐야 마신의 마기를 이길 수 없으니 마신의 힘을 사용하면 할수록 마신과 계약한 사람은 죽어가는 게 일반적인 것이다.

마족과 계약해도 계약자는 10년을 넘기기 힘든 게 레이나를 통해 들은 진운이 알고 있는 상식이었다.

그런데 마신이라면?

아마 계약하는 순간 마신의 마기를 이기지 못해 거의 대부분이 죽을 것이다.

아니 살아남아서 계약을 한다고 해도 사실상 마신의 힘을 사용하는 것은 썩은 동아줄을 잡고 위로 오르는 것이나 마찬가지였다.

언제 마기에 잠식당해 죽어버릴지 모르니 말이다.

김아영의 경우 마신 아스타로트와 계약한 계약자이긴 했지만 그의 아버지가 했던 계약을 정식으로 넘겨받지 않은 상태였고 자신도 그 힘이 무서워서 사용하지 않다 보니 영향이 거의 없는 편이었다.

하지만 진운이 싸웠던 테칸은 완전 사정이 달랐다.

마계의 불꽃을 자유자재로 사용하면서 진운을 압도적으로 몰아붙였으니 말이다.

사실 그 당시에는 진운도 그저 테칸이 강하다는 정도로

생각했고, 마신과 계약하면 다 저 정도 하는 줄 알고 있었는데 지금 와서 생각해 보면 너무 이상하리만큼 비상식적으로 테칸이 강했던 것이다.

이 세상에 공짜는 없었다.

아니 공짜로 보이지만 모든 것은 등가교환의 법칙이 필수로 적용되는 것이 바로 세상의 이치였다.

마법을 쓰기 위해서는 마나가 필요하고, 물건을 사기 위해서는 그에 합당한 것을 지불해야 되는 것이 세상의 이치.

하지만 테칸은 그런 등가교환의 법칙을 완전히 무시하고 마신의 힘을 자유자재로 사용하고 있는 것이었다.

"궁금한 것은 직접 본인에게 듣는 것이 가장 확실하겠죠."

나직한 진운의 말에 베이스퍼는 고개를 끄덕였고, 그렇게 오히려 더 의문만 가진 채로 진운의 일행은 움직이기 시작했다.

Chapter
03
비
밀

"아무리 봐도… 좀비를 풀어놓은 것은 누군가를 막거나 하는 용도가 아닌 게 확실하군요."

거의 천 마리가 넘어가는 좀비를 처리하고 그제야 미군들이 머물고 있는 곳으로 도착한 진운이 한마디 하자 베이스퍼도 한숨과 함께 고개를 끄덕였다.

"내가 봐도 그렇네. 마치 무작위로 하늘에서 일정 범위를 정해놓고 떨어뜨린 것 같아. 이렇게나 무질서하게 좀비들을 마주치는 것을 보면 말야."

레이나의 안내를 받았기에 사실상 진운과 베이스퍼는 나

름 편하고 안전한 길로 왔다고 해도 과언이 아니었다.

숲의 종족인 엘프 중에서도 하이엘프인 레이나에게 정글이라는 장애는 전혀 문제가 되지 않으니 말이다.

하지만 어려운 길이나, 쉬운 길이나 구분 없이 좀비가 나타나는 것도 이상한데, 조금 전에는 더 웃긴 장면까지 목격하고만 것이다.

—좀비끼리… 서로 뜯어 먹다니……. 들어보지도 못한 일이에요.

레이나도 자신이 알고 있던 상식이 무너지는 것을 느꼈는지 아직도 좀비끼리 서로 물어 뜯으면서 싸우던 모습을 기억하는 듯했다.

"좀비끼리… 서로 물어 뜯는다라……. 이걸로 확실해졌군요. 좀비를 통제하는 녀석이 없다는 것이요."

좀비 하나를 만드는 데도 소량이긴 하지만 지구에서는 절대 구할 수 없는 마기를 써야 했다.

그런데 그렇게 귀한 마기를 이용해서 좀비를 만들고서 서로 뜯어 먹으면서 죽이는 모습을 그냥 둔다는 것은 있을 수가 없었다.

"무슨 생각으로 이러는 건지……. 일루미나티… 도무지 감을 잡을 수가 없구만."

베이스퍼는 그래도 자신이 어느 정도 일루미나티에 대해

서 알고 있다고 생각했었는데 이번 좀비 떼를 만나고 나서
는 그런 생각이 잘못되었다는 것을 인정해야만 했다.

그리고 지금 자신들이 도착한 목적지에서조차 상황이 이
상하게 돌아가고 있었으니 말이다.

"아무도 없군요."

진운이 감각 영역을 펼쳐서 살펴봤지만 군용 트럭부터
병사들이 먹고 자는 천막으로 지은 막사까지 그대로 있었
지만 그 어디에서도 사람의 기척이 느껴지지 않고 있었다.

─전혀?

레이나도 자신이 느끼긴 했지만 이런 기척을 느끼는 것
은 진운이 더 정확하기에 다시 물어보자 진운은 대답 대신
고개를 저었다.

"무슨 꿍꿍이지……?"

베이스펴는 진운의 말이 아니라도 자신의 감각에도 마치
죽은 듯 고요한 모습에 미간을 찌푸릴 뿐이었다.

"함정인가……?"

베이스펴는 모든 물품이 그대로 놓여 있는데 반해 사람
의 기척이 전혀 느껴지지 않는 모습에 가장 먼저 떠오른 것
이 함정일지도 모른다는 생각이었다.

우선 군인은 그 특성상 보급품에 목숨을 거는 경우가 많
았다.

전쟁시에 병사들이 먹는 쌀은 1급인데 반해 정작 전쟁을 직접 겪는 병사들은 가장 밑바닥까지 내려갈 만큼 낮은 등급으로 정하는 것만 보더라도 군에서 보급품이 얼마나 중요한지 말하지 않아도 알 수 있는 편이었다.

그런데 이상한 것이 보통 군인들이 이동을 하거나 철수를 할 때 보급품을 두고 가는 경우는 없었다.

전쟁시나 적의 기습을 받는다면 모를까.

필리핀은 이미 미국의 수중에 있다고 해도 과언이 아닌 곳에서 미군이 보급품을 버리면서까지 철수할 일은 없을 테니 말이다.

하지만 지금 진운과 베이스퍼가 보는 미군이 머물렀을 것으로 보이는 진지는 천막부터 트럭은 기본이고, 심지어 간이 샤워실과 곳곳에 세워놓은 소총까지 보였다.

다른 건 다 떠나더라도 군인이 총을 버리고 가는 경우는 절대로 없다는 사실을 알고 있다면 지금 모습은 누가 봐도 함정이었다.

마치 삼국지에서 일부러 성을 비우고 성문을 열어놓고 적이 들어오기를 기다리는 듯한 느낌을 강하게 받았으니 말이다.

"베이스퍼도 그렇게 생각해요?"

진운도 베이스퍼가 한 함정일 것 같다는 말에 전적으로

동의는 했다.

그런데 함정이라면 당연히 매복이나 적이 숨어 있어야 하는데 진운의 감각 영역에도 전혀 기척이 느껴지지 않는 것이 이상해서 적극적으로 베이스퍼의 의견에 동의하지 않고 있는 중이었다.

반경 수 킬로미터의 넓이를 감지할 수 있고, 땅속에 있든 설사 모습을 숨기고 있더라도 살아 있는 이상 마나를 가지고 있는 존재는 진운의 감각 영역에서 들키지 않고 숨을 수 없었으니 말이다.

거기다 그런 진운의 생각을 뒷받침해 주는 레이나도 마법으로 탐지해 본 결과 정말 저 기지에는 사람이 없었다.

"설마 금을 가지고 이미 철수한 걸까요?"

진운이 슬쩍 물어보자 베이스퍼는 고개를 흔들면서,

"금을 다 옮겨서 철수한 거라면 저렇게 임시진지를 그냥 두고 갈 리가 없겠지."

"하긴……. 아무리 물자가 풍부한 미국이라도 우선 군인은 군인이니까요."

베이스퍼는 혼자서 그동안 자신의 경험을 모두 살려서 고민해 봤지만 역시나 결론은 함정일 확률이 높다는 것이었다.

하지만 그렇다고 여기까지 와서 그냥 '함정이니 돌아갈

까?' 할 수도 없는 것이 이들이 입장이기에,

"가봐야겠군."

벌떡~

베이스퍼가 먼저 결심한 듯 일어서자 진운도 조용히 일어서면서,

"결국… 몸으로 부딪쳐 봐야 대답이 나오는군요."

"세상일이 다 그런 법이니 어쩌겠나. 이대로 그냥 돌아갈 순 없으니 말야."

"그건 그렇죠. 가죠."

진운도 함정이라는 냄새가 심하게 풍겨왔지만 어쩔 수 없이 저 속으로 가야 했기에 더 이상 머리 아프게 고민하기보다 부딪치기로 했다.

"하지만 최소한의 준비는 해야겠지."

베이스퍼는 뻔히 함정으로 보이는 곳으로 가면서 무슨 산책 가듯 느긋하게 갈 생각은 없는 듯, 허공에 손을 뻗더니,

덥썩~

마치 무언가 잡는 듯 양손에 움켜쥐자,

스르르륵.

마치 보이지 않는 투명한 검집에서 검을 꺼내듯 허공에서 순백의 검과 붉은색의 검이 그의 양손에 잡혀 뽑혀져 나

왔다.

그러고는 뽑아낸 두 자루의 검을 바로 양손으로 합치더니,

차라라라라라락!!!

순백의 검날과 붉은색의 검날이 서로 부딪치자 기다렸다는 듯 검날끼리 휘감기더니 마치 커다란 드릴 모양의 칼날을 가진 레이피어를 연상시키는 듯한 검이 모습을 드러냈다.

그런 모습을 직접 가까이에서 본 진운은 놀란 눈으로 베이스퍼를 보더니,

"설마… 검이 살아 있어서 말을 걸거나 그런 건 아니죠?"

대륙에서 이미 자아를 가진 검이나 무기가 있다는 것을 들은 적이 있었다.

일반적으로 자아를 가진 무기 중에 당연히 대륙의 특성답게 검이 압도적으로 많았다.

물론 그래 봐야 대륙 전체를 통틀어서 겨우 다섯 자루 정도가 유일하지만 그래도 자아를 가진 검은 그 모든 것이 신비에 싸여 있는 편이었다.

특히나 자아를 가진 검을 에고소드라고 부르는데, 에고소드의 특징이 바로 검의 모양을 마음대로 바꿀 수 있다는 것을 들었기에 베이스퍼의 검이 자유자재로 모습을 변화시

키는 모습에 물어본 것이다.

"이것 말인가? 음… 아직 난 들어본 적이 없어서 모르겠네. 그리고 나도 선물로 받은 거라 자세한 것은 잘 모르고 말야."

"…선물이요……?"

사실 진운이 보기에 자신의 칼라드볼그나 지금 베이스퍼가 가진 합쳐지면 모습이 원하는 대로 변하는 검이 거의 동급으로 보였다.

아니, 오히려 진운에게는 베이스퍼의 검이 더 좋아 보이기까지 했다.

커다란 대검 모습을 가지고 있는 칼라드볼그는 아무래도 상황에 따라 좋지 않은 경우도 많았으니 말이다.

하지만 베이스퍼의 검은 그저 두 개를 합치기만하면 원하는 모양으로 바뀌는 것이 효율 면에서 보면 압도적일 수밖에 없었다.

물론 그냥 순수한 호기심이었다.

베이스퍼의 검이 탐난다거나 그런 것은 아니었으니 말이다.

그의 검이 아무리 좋아도 현재 진운에게 가장 필요한 것은 칼라드볼그였고, 지금까지 다뤄온 것이 칼라드볼그였으니 순수한 호기심을 넘어서지 않았다.

베이스퍼도 그걸 알고 있기에 진운이 묻는 대로 순순히 대답해 주는 것이다.

사실 CIA에서 베이스퍼를 뒤쫓는 수많은 이유 중에 그가 가진 아공간 소환능력이 달린 검도 한 가지 이유였다.

몸에 지니지 않고, 언제든지 원할 때 꺼낼 수 있는 검이라니 매력적이지 않는가?

거기다 그런 검이 마스터를 뛰어넘어 마이스터로 불리는 베이스퍼의 손에 들려 있으면 사상최강의 무기가 되는 것도 어쩌면 당연했다.

그리고 본래 좋은 무기에는 그걸 욕심내는 인간이 많은 법이었다.

다만 베이스퍼는 이 검이 선물받은 것이고, 그도 어떻게 아공간에서 소환되는지 전혀 모르고 있다는 게 문제라면 문제였다.

상황이 이렇다 보니 가뜩이나 미운털이 많은 베이스퍼는 CIA에서까지 찍혀 버렸고, 어쩌다 보니 자신의 조국과 등을 지는 상황에까지 온 것이다.

결과적으로 베이스퍼가 미국과 등을 진 것은 욕심 많은 몇몇 권력가 때문이지, 미국이라는 나라 자체가 싫은 것은 아니었으니 말이다.

"자네 검도 만만치 않구만."

　베이스퍼는 진운이 아공간에서 꺼내 등에 착용하는 커다란 대검 모양의 칼라드볼그를 보면서 예사롭지 않다는 느낌을 받았다.

　평생 검을 다뤄온 그의 눈에 대검이긴 하지만 칼라드볼그가 평범해 보일 리 만무했다.

　물론 진운은 지금 자신의 검인 칼라드볼그가 얼마나 대단한 검인지 전혀~ 모르고 있다는 게 문제이긴 했다.

　베이스퍼나 진운이나 서로 자신의 검에 대해서 모르는 게 많다는 점이 어쩌면 닮은 점일지도 몰랐다.

Chapter
04
찾아라

“흠······.”

베이스퍼는 잔뜩 긴장하면서 아무도 없는 진지에 들어서서 주변을 둘러보았지만 역시나 멀리서 느낀 그대로 사람은커녕 쥐새끼 하나 보이지 않았다.

아니, 오히려 너무 고요하고 적막한 분위기에 흡사 공포 영화에서나 나오는 버려진 곳을 찾아온 듯한 느낌마저 들 지경이었다.

물론 진운도 베이스퍼와 딱히 다를 게 없는 느낌을 받고 있는 중이었다.

“총은 기본이고… 저기 식어버린 음식도 보이는군요.”

가까이 있는 막사에 다가가 안으로 들어가 보니 식당으로 쓰인 곳이었는지 커다란 탁자 위에 먹다만 음식들이 가지런히 놓여 있었다.

그리고 그런 식탁 옆에는 소총이 가지런히 놓여 있었는데 그걸 본 진운은 빠르게 다른 막사로 넘어갔다.

그리고 그곳도 역시나 식당으로 쓰였는지 커다란 식탁에 가지런히 음식이 놓여 있었고 소총까지 정리되어 한쪽에 놓여 있는 모습이었다.

“그쪽은 어때?”

막사 두 개를 둘러본 진운이 나오면서 마침 눈이 마주친 레이나에게 물어보자 대답 대신 고개를 흔들면서 다가오더니,

—아무도 없어, 벗어 놓은 옷가지며 닦다 만 칫솔까지 있지만 사람만 그 어디에도 없어.

아무래도 레이나가 뒤져본 장소는 병사들이 쉬는 곳인 듯했다.

그리고 가장 안쪽에 있고, 가장 커다란 크기를 가진 막사로 갔던 베이스퍼도 뒤늦게 나오더니,

“아무도 없군.”

“역시나…….”

사람의 그림자조차 없다는 말에 다시 고민하려는 진운이었다.

그런데 그런 진운에게 베이스퍼가 슬쩍 웃더니,

"하지만 이걸 발견했지."

부스럭~

그러면서 꺼낸 것은 비닐로 코팅이 된 지도 한 장이었다.

"베이스퍼가 간 곳이 지휘본부였군요."

진운이 대번에 지도를 보고 베이스퍼가 간 막사가 어떤 곳이었는지 알아채자,

"정답이네. 물론 사람은 한 명도 없지만 이렇게 야마시타 골드가 발견된 지점이 표시된 지도를 구했으니 뭐, 나름 실패는 안 했다고 봐야지 않겠나?"

애초에 야마시타 골드, 그리고 숨어 있는 일루미나티 녀석 중에서 가장 활발하게 활동하면서도 많이 알려진 테칸과 로이칸을 잡는 것이 목적이었으니, 최소한 반은 성공한 셈이었다.

"가보죠."

어째서 이곳에 병사들이 없는지 이유는 모르지만 그런 것까지 생각할 만큼 진운이 느긋하지 못했다.

물론 그걸 굳이 머리 아프면서까지 생각해야 할 이유도 없었고 말이다.

오직 야마시타 골드, 그리고 테칸이나 아니면 로이칸이라도 붙잡아서 일루미나티가 원하는 게 뭔지, 그리고 김현중이 진운에게 말했던 인류말살계획이라는 게 어떤 것인지 물어봐야 했다.

거기다 덤으로 일루미나티와 꽁꽁 숨어 있는 72마신 중에 진운이 알고 있는 레오날드와 아스타로트를 제외한 나머지 70명의 마신의 행방도 물어볼 것이다.

"그래야겠지. 어차피 우리에게는 선택권이 없으니 말야."

베이스퍼는 지도를 진운에게 보여주면서 푸른색으로 동그랗게 표시된 곳을 가리키더니,

"이 푸른색 원이 우리가 있는 이곳 위치 같더군. 그리고 여기 붉은색 X 표시가 바로 야마시타 골드가 나온 곳으로 생각되네."

베이스퍼의 설명에 지도를 유심히 보던 진운은,

"가깝군요."

"그렇겠지. 야마시타 골드는 한번 발견되면 최소 웬만한 작은 국가 1년 예산과 맞먹을 만큼 엄청난 양이 나온다고 하니 먼 곳에 진지를 구축할 리가 없으니 말야."

베이스퍼의 설명에 고개를 끄덕인 진운은 곧장 몸을 돌리더니 말했다.

"레이나."

그저 진운은 레이나라고 이름을 불렀을 뿐이지만 무슨 의미를 담은 말인지 알고 있다는 듯 잠시 지도를 본 레이나 가 하늘을 한 번 쳐다보고 다시 주변을 살폈다.

―이쪽이야. 따라와.

그 말을 끝으로 먼저 앞장서서 가볍게 뛰어올라 정글 속 으로 사라져 버렸다.

"자네… 정말 굉장한 애인을 뒀군그래."

"네……? 뭐, 그렇게 됐죠.."

베이스퍼의 애인이라는 말에 어색하게 웃은 진운은 긍정 도, 그렇다고 부정도 아닌 애매한 대답을 해버렸다.

베이스퍼가 말했듯, 남들이 보면 애인 사이로 보일 테지 만 막상 본인들은 한쪽이 일방적으로 좋아한다고 구애를 하고 있는 상황이었으니 말이다.

Chapter 05
마법이란

　레이나의 정확한 안내를 따라 진운 등은 한 장소에 도착
했다.

　그리고 자신이 상상했던 것과 전혀 다른 모습을 하고 있
는 풍경에 진운이 저도 모르게 말을 꺼냈다.

　"…동굴이 아니라 호수……?"

　일반적으로 금을 숨기는 곳이 땅속 깊은 곳이라는 고정
관념이 있었다.

　야마시타 골드를 숨긴 야마시타가 금을 옮긴 인부 모두
를 금과 함께 묻어버렸다는 전설이 워낙 유명하다 보니 당연히 땅속일 거라고 생각했던 것이다.

그런데 막상 와보니 지도에 표시된 곳은 호수였다.

"흠……."

진운의 놀라는 말에 베이스퍼는 주변을 한 번 살펴보고 지도를 보더니 지도와 지금 자신들이 있는 곳이 정확하게 일치한다는 것을 다시 확인했다.

"여기가 맞네."

"네, 그건 저도 아는데요."

레이나가 길을 잃는다는 것은 진운으로서는 상상조차 할 수 없는 일이었으니 잘못 찾아왔을 것이라는 걱정은 애초에 그의 머릿속에 있지도 않았다.

다만 자신이 생각하던 것과 완전 다른 상황에 당황했을 뿐이었다.

"너무 뜻밖이라 그렇죠."

진운의 한숨 섞인 말에 베이스퍼도 나직이 고개를 끄덕이면서,

"그건 나도 동감이네."

베이스퍼도 설마 군사용 지도에 호수가 표시되지 않았을 줄은 몰랐기에 진운처럼 겉으로 표현하지 않았을 뿐이지 놀라기는 마찬가지였다.

─이 호수 안에 야마시타 골드가 있겠죠?

레이나가 주변을 모두 살펴봤지만 이 호수 외에는 별다른 장치나 이상한 점이 없기에 물어보자 지도를 다시 꼼꼼히 본 베이스퍼는,

"에휴… 아무래도 그런 것 같네."

―그럼 호수로 들어가야겠군요.

"당연히 그렇겠지."

―그럼 바로 가죠. 왜 망설이고 있어요?

호수가 야마시타 골드가 발견된 곳이고, 바로 눈앞에 자신들의 목표가 있는데 진운이나 베이스퍼가 깊은 한숨만 내쉬는 모습에 레이나가 오히려 되물어보았다.

"장비가 없다네."

"스킨스쿠버 장비가 하나도 없어."

베이스퍼와 진운이 동시에 대답했다.

―장비가 왜 필요해?

그런데 그런 그들의 대답에 오히려 고개를 갸웃하는 레이나였다.

"왜긴? 물속에서 숨을 쉬고 앞을 보려면 최소한 기본 적인 스킨스쿠버 장비는 있어야지, 산소통과 물안경은 필수에 지금처럼 캄캄한 밤에는 방수되는 손전등도 있어야 해."

진운이 대충 설명하자 베이스퍼도 거들었다.

"거기다 만약에 금이 발견되었다고 해도 그것을 옮길 장

비도 필요하겠지. 아무리 우리가 초인이라고 하지만 물속에서 변변한 장비도 없이 최소 수십 톤에서 수백 톤으로 추정되는 야마시타 골드를 옮기는 것은 불가능하니 말야.”

진운과 베이스퍼의 말은 하나도 틀린 게 없었다.

미국과 일루미나티가 굳이 미군을 동원해서 여러 가지 장비를 끌고 와 진지까지 구축하고 금을 옮기려 한 이유가 무엇이겠는가?

바로 그만큼 금의 무게와 함께 양이 많으니 당연히 많은 사람이 필요한 것이다.

그런데 레이나는 오히려 웃으면서,

─훗～ 겨우 그 정도 이유였어?

“응?”

“……??”

오히려 자신들을 보면서 그런 하찮은 이유로 한숨을 쉬느냐는 듯한 웃음에 진운과 베이스퍼가 쳐다보자,

─뭐 일반적인 방법으로는 당연히 두 분의 말이 맞지만요. 잊으시면 안 되죠.

“뭘?”

너무 자신만만한 레이나의 표정과 모습에 진운이 고개를 갸웃거리자,

─진운, 섭섭해. 내가 누군지 잊은 거야?

"뭘 잊어……? 나와 오랫동안 함께한 레이나잖아, 그리고 엘프들의 수장인 하이엘프이고…….”

서운해하는 레이나의 말에 순순히 대답하던 진운이 말하다 갑자기 말꼬리를 흘리더니,

"설마… 레이나… 너…….”

─나를 물로 보지 말아줬으면 해. 엘프 중에 최고 레벨의 마법사가 바로 나니까 말야.

그 말과 동시에 호수 앞으로 천천히 걸어가기 시작한 레이나가 작게 중얼거리자,

스팟!!

그녀의 양 손바닥에 선명하게 마법진이 그려지면서 룬어가 떠오르더니 천천히 허공을 춤추듯 움직이기 시작했다.

그리고 그렇게 움직이는 손바닥의 마법진을 잠시 응시하더니 앞으로 뻗으면서,

착~!

─아이스 토네이도(ice Tornado)!!

라고 짧게 마법 시동어를 외치자,

쏴아아아아아아악!!!

갑자기 호수 위 하늘에서 검은 구름이 모이더니 우박이 떨어지기 시작했다.

그런데 그렇게 떨어지던 우박들은 호수에 닿기 직전, 마

치 살아 있는 듯 허공으로 다시 떠올랐다.

그러곤 소용돌이치면서 휘감기기 시작했는데, 순식간에 얼음으로 만들어진 살아 있는 토네이도가 되어버렸다.

쩌쩌적… 쩌적!!!

그리고 놀라운 것은 이제부터 시작이었다.

레이나의 마법으로 만들어진 아이스 토네이도는 호수 안으로만 움직이더니 순식간에 커다란 호수를 북극의 빙하 수준으로 얼려 버린 것이다.

넓이만 최소 100미터는 넘어 보이는 호수를 얼리는 데 걸린 시간은 고작 몇 초에 불과했다.

거기다,

—얼음은 최소한 6시간은 유지될 거야.

적도상의 이 더운 나라 필리핀에서 얼음이 6시간 이상 유지된다는 말까지 했다.

"자네 애인… 정말……."

베이스퍼는 마치 하늘의 기적과 같은 엄청난 아이스 토네이도 마법을 보고서 말보다 조용히 엄지손가락을 들어 진운에게 내밀었다.

그리고 뒤이어 말하길,

"자네… 전생에 나라를 구한 적 있는가?"

"……."

베이스퍼의 말에 딱히 뭐라 대꾸할 수 없는 진운이었다.

누가 봐도 이건 전생에 나라를 구한 것뿐만이 아니라 전 세계를 구한 영웅쯤은 되어야 가능할 듯한 레이나의 능력이었으니 말이다.

그런데 베이스퍼는 모를 것이다.

지금 보여준 아이스 토네이도는 레이나에게 그저 간단한 마법에 지나지 않는다는 것을 말이다.

스스로 자신만의 마법을 만들어 버린 레이나는 이미 마도사라는 별칭이 아깝지 않은 실력이라는 것을 알면 아마 까무러칠지도 모를 일이었다.

그런데 호수가 완전히 얼어버린 모습에 진운이 슬쩍 레이나에게 다가가더니,

"괜찮은 거야?"

뜬금없이 레이나에게 괜찮은 거냐는 질문을 했다.

―응? 괜찮냐니, 뭐가?

진운의 질문에 레이나는 그저 고개를 갸웃거릴 수밖에 없었다.

자신의 마법 실력을 그 누구보다 잘 알고 있는 사람이 바로 진운이었다.

그런데 고작 아이스 토네이도 한 번 썼다고 걱정스럽게 물어오니 의문이 생기는 것은 당연했다.

"호수를 이렇게 얼려 버려도 괜찮냐는 거지, 호수면 당연히 물고기가 살고 있을 텐데 이렇게 완전 얼려 버리면……."

―아~

레이나는 진운의 괜찮냐는 말의 뜻을 이해했다.

엘프는 조화의 종족이었다.

먼저 죽이거나 자신의 이득을 위해서 생태계를 파괴하는 행동은 절대로 해서는 안 되는 금기 중 하나로 알고 있는 진운이기에 걱정스러워서 물어본 것이다.

혹시나 자신 때문에 레이나가 무리하는 거라면 그것만큼 진운으로서는 레이나에게 미안한 게 없으니 말이다.

―괜찮아.

"정말? 나 때문에 호수 바닥까지 다 얼려 버렸잖아."

제법 큰 호수인데 바닥까지 얼렸다면 100% 이 호수는 이제 죽은 호수가 될 것이 뻔했다.

하지만 그런 진운의 걱정에도 레이나는 웃으면서,

―무슨 생각 하는지 다 아는데, 그렇게 걱정할 것 없어. 이 호수에는 물고기는커녕 수초 하나 없으니까 말야.

"응? 이렇게 큰 호수인데 물고기가 없다니?"

쉽게 믿으려 하지 않는 진운의 모습에 레이나는,

씨익~

웃으면서 자신이 통째로 얼려 버린 호수로 가더니 아공
간에서 롱소드 하나를 꺼내 가볍게 휘둘렀다.

그러자 벽돌 크기만큼의 얼음덩어리가 금방 잘려 나왔다.

덥썩~

그리고 그걸 가볍게 쥐더니 다시 돌아와 진운에게 내밀
면서,

―한번 냄새를 맡아봐.

"냄새?"

뜬금없는 레이나의 말에 우선 시키는 대로 얼음에 코를
대고 냄새를 맡던 진운이었다.

그런 진운이 처음에는 전혀 모르는 듯하다가 곧 눈을 감
고 코에 집중하더니,

"……!!"

―알겠지?

"…이건 소독약 냄새?"

―맞아, 이 호수에 있는 물… 전부 이미 정수가 끝난 물
이야.

"세상에……."

진운은 자연에 관해서는 레이나의 발끝에도 미치지 못하
는 편이었다.

오로지 전투적인 무력에 관해서만 레이나보다 앞설 뿐이

니 말이다.

지름이 100미터는 가볍게 넘어 보이고, 깊이만도 10미터는 우습게 보이는 이 호수의 물이 모두 정수가 끝난 물이라는 말에 할 말을 잃어버린 것이다.

무슨 상수도용으로 모아놓은 저수지도 이 정도로 전부 정수해서 물을 보관하지 않는 법이다.

레이나가 아니었다면 아마 여러 가지 고민을 하면서 끙끙대고 있을지도 몰랐다.

ㅡ소독약으로 정수가 된 물에는 어차피 물고기가 살지 못해. 그리고 이 호수, 아무래도 최근에 인공적으로 만들어진 것 같아.

"……."

레이나의 말에 얼음덩어리로 변한 호수를 보던 진운은 도대체 정수된 물로 호수까지 만들어서 은밀하게 숨긴 녀석들의 치밀함에 혀를 내두를 수밖에 없었다.

필리핀에 호수는 많은 편이었다.

워낙에 태풍이 자주 오고, 우기에는 홍수로 1년에 6개월은 섬 아닌 섬이 되는 지역이 제법 많을 만큼 필리핀은 지형적으로 좀 특이하다.

게다가 필리핀 본토보다 더 아래쪽에 있는 이곳 호로섬은 특히나 비가 많이 오기로 유명했다.

한번 제대로 왔다 하면 집 안에 물이 차는 것은 기본이었으니 말이다.

그런 곳에서 며칠 사이에 지형에 따라 호수가 생기는 것은 어떻게 보면 너무나 당연했다.

하지만 일루미나티는 그것을 오히려 이용해서 야마시타 골드가 발견된 지점을 물로 채워 숨겨 버린 것이다.

그리고 지금은 우기도 아니었고, 갑자기 호수가 생길 시기도 아니었다.

물론 이렇게 모두 알고 나서 보면 참 황당하면서도 일루미나티의 치밀함을 느낄 수 있지만 모르고 왔다면 아마 동굴을 찾아서 지금도 이 근처를 뒤지고 다녔을지도 모를 것이다.

퍽!

모든 것을 알고 난 진운은 손 위의 얼음덩어리를 움켜쥐었다.

그러자 가볍게 부서지면서 사방으로 튀었지만, 작게 부서진 얼음덩어리는 여전히 레이나의 마법 영향 때문인지 녹지 않고 땅에 굴러다녔다.

"고마워. 이젠 내가 처리할게."

진운이 가볍게 고맙다고 한마디 하자 레이나는 그저 웃을 뿐이었다.

자신이 정한 이성의 옆에서 그저 도움이 되는 것이 현재 그녀에게는 가장 보람된 일이었으니 말이다.

"뭘하려는 겐가?"

베이스퍼가 얼어버린 호수를 향해 걸어가는 진운에게 말하자,

"레이나가 얼렸으니 제가 얼음을 다 치워 버려야죠."

"…이걸 다 말인가?"

어림잡아도 몇백 톤은 되어 보이는 얼음이었다.

이미 레이나의 말대로 전혀 녹지 않는 것을 확인했으니 누군가가 호수의 얼음을 치우긴 해야 한다.

그러나 폭약이나 그런 것도 없는 상황이기에 아무리 마이스터에 오른 베이스퍼라도 만만치 않은 작업일 것은 분명해 보였다.

그런데 진운은 별거 아니라는 듯,

"저희는 처음부터 이렇게 호흡을 맞춰왔거든요, 베이스퍼가 보기에 불가능해 보이죠?"

"그야… 어느 정도라면 나도 시도하겠는데 이건… 너무 커서……."

베이스퍼도 이미 자신의 검을 커다란 대검으로 바꿔놓은 상태였다.

녹지 않는 얼음을 호수에서 치워내는 방법은 오직 하나,

모두 깨뜨리거나 베어버려서 치우는 것일 뿐이니 말이다.

"뭐, 제가 다른 건 몰라도 뭐 쓸데없이 파괴력 강한 것은 자신있거든요."

그러고는 혼자 호수 중앙으로 걸어가 버렸다.

"여기쯤이면 되겠지?"

대충 앞뒤를 살펴보면서 호수의 정중앙인 듯한 곳에 자리를 잡은 진운이 등에 차고 있던 칼라드볼그를 뽑아 들고서,

"흐읍!!!"

온몸에 마나를 활성화시키기 시작했다.

천천히, 서두르지 않지만 이미 익숙한 그에게 마나의 활성화가 극한까지 올라가는 것은 그리 오랜 시간이 걸리지 않았다.

"이 정도면 되려나?"

온몸의 마나가 너무 활성화가 되어 몸 밖으로 푸른 아지랑이가 보일 정도가 되자 만족한 듯 입가에 미소를 짓더니,

"흐압!!!"

쾅!!!

그대로 양손으로 힘껏 잡은 칼라드볼그를 한 번에 손잡이만 남기고 모두 얼음 속에 박아 넣어버렸다.

"마스터 스킬! 파(破)!"

콰콰콰콰콰콰콰!!!

진운의 마스터 스킬이 발동되자마자 진운이 찔러 넣은 칼라드볼그를 중심으로 사방으로 균열이 뻗어나가더니 순식간에 호수 전체로 번져 버렸다.

균열의 모습이 마치 얼음으로 만든 거미줄이 호수를 뒤덮은 듯했다.

하지만 이게 끝이 아니었다.

균열이 호수 가장자리까지 빠짐없이 뻗은 것을 확인하자 다시 손에 쥔 칼라드볼그에 마나를 쏟아붓기 시작한 진운의 입에서,

"스킬연결! 파동(波動)!"

이라는 말이 떨어지자마자,

쿠콰콰콰~ 쿠콰콰콰~!

놀랍게도 얼음이 살아 있는 듯 움직이더니 마치 바다에 파도가 치듯 출렁거리기 시작했다.

이런 놀라운 모습을 눈으로 직접 본 베이스퍼는,

"백호연 군의… 말이 틀린 건 아니었군. 이건… 나는 상대도 안 될 만큼 엄청난 내공이야…….."

마법으로 얼어붙은 녹지 않는 얼음에 균열이 가게 한 것도 놀랍긴 했지만 지금 얼음이 파도치듯 출렁거리는 모습을 보면 그건 아무것도 아니었다.

그런데 그런 베이스퍼가 놀라는 것도 잠시,

"마스터스킬! 폭(爆)!!"

활성화시킨 마나를 마치 쏟아붓듯이 손에 쥐고 있는 칼라드볼그에 집중하면서 강하게 외친 한마디와 함께,

푸아악!!!

화아아아악!!!

마치 거대한 풍선이 터지면서 공기가 터져 나오듯 엄청난 바람이 호수에서 터져 나오더니 파도를 타며 출렁거리던 얼음까지 함께 사방으로 날아가 버렸다.

그리고 그렇게 얼음을 날려 버린 진운은 자신도 바람을 타고 하늘을 날았는지,

휘리릭~

탁~!

가볍게 공중에서 한 바퀴 돌면서 사뿐히 레이나 옆에 착지했다.

─깔끔한데?

레이나는 그런 진운의 처리에 가볍게 칭찬을 했다.

하지만 뒤에 있는 베이스퍼의 입에서는,

"…도대체 자네들… 누군가?"

라는 말이 저절로 나올 수밖에 없었다.

물론 그런 베이스퍼의 질문에 레이나와 진운은 둘 다 미

리 호흡이라도 맞춘 듯,

씨익~

웃는 것으로 대답을 대신할 뿐이었다.

—이제 가죠?

그 누구도 상상하지 못할 방법으로 호수에 물을 모두 날려 버린 뒤에 그저 천천히 산책하듯 걸어서 호수 아래로 내려간 일행은,

"역시나… 동굴이 맞았어."

호수 중앙에 바위를 판 듯 뻥 뚫린 작은 동굴을 발견할 수 있었다.

이유야 어찌 되었든 결국 진운의 처음 예상이 틀린 것은 아니었다.

일루미나티가 숨긴다고 훼방을 놓아서 그렇지, 동굴은 맞았으니 말이다.

하지만,

"그런데 얼음으로 완전 막혀 있군."

동굴이 호수 바닥에 있었으니 당연히 동굴 입구에 얼음이 가득했다.

진운이 호수의 얼음을 모두 날려 버렸다고 해도 동굴 속에 들어가서 얼어버린 얼음까지 어찌하지 못했으니 말이다.

하지만 그것도 레이나가 앞으로 나서서,

딱~

—캔슬(Cancel)~

이라고 가볍게 한마디 하자,

주르륵~

순식간에 얼음이 물로 바뀌더니 동굴 입구에서 흘러나와 땅속으로 사라져 버렸다.

—가죠.

"응."

이 기적 같은 일을 별거 아닌 것처럼 생각하면서 사용하는 레이나와 진운의 모습에 베이스퍼는 고개를 저었다.

"도대체 호연 군은… 나에게 누굴 소개시켜 준 건지……."

자신이 마이스터에 올라 육체가 젊어지면서 주변의 사람들이 무슨 괴물을 보는 듯했던 경험이 있었다.

하지만 지금 자신이 눈으로 봤던 마법에 비하면 육체가 젊어지는 것쯤은 정말 아무것도 아니라는 생각이 들었다.

"천외천이라고 하더니……."

지금까지 사실 베이스퍼는 김현중 외에는 자신이 그 누구보다 강하다고 생각하고 있었다.

그리고 그게 거의 맞는 말이기도 했다.

현재 국가공인 마스터 중에서 마이스터에 오른 것은 베이스퍼가 유일했으니 말이다.

하지만 괴물 같던 김현중이 떠나고 갑자기 나타난 정진운과 그의 연인으로 보이는 레이나 양은 마치 떠난 김현중과 그의 부하로 있던 테른이 다시 돌아온 것이 아닌지 하는 착각이 들 정도였다.

물론 레이나는 거의 냉정하면서도 자신의 힘을 정확하게 알고 있는 것과 달리 정진운은 너무 힘이 한쪽에 치우쳐 있는 것이 조금 언밸런스하긴 했다.

그럼에도 그런 문제가 생각나지 않을 만큼 강력한 한 방이 있었으니 말이다.

다만, 대련 이후에 진운의 기도가 조금은 달라졌다는 것을 베이스퍼도 느끼고 있긴 했다.

한 번에 확~ 바뀌는 그런 느낌은 아니지만 어제보다 오늘이 다르고, 오늘보다 내일이 다른 그런 느낌으로 변하고 있는 중이었다.

사실 마나를 사용하면서 마스터의 경지에 오른 자에게 함부로 가르침을 내리는 것은 오히려 독이었다.

이미 자신만의 확고한 무언가가 있기에 경지에 올랐을 텐데 그런 사람에게 베이스퍼 자신이 봐서 잘못되었다고 판단해서 그걸 강제로 뜯어고치려고 했다가는 오히려 모든 것이 무너질 수 있었다.

그래서 베이스퍼는 가르침을 내리기보다 진운과 대련을 통해 심하게 한쪽으로 기울어져 있는 진운의 힘의 균형을 스스로 깨달아주길 바랐었다.

다행인 것은 확실히 센스가 있는지 대련하고 나서 잠시 헤어졌다 다시 만난 진운의 기도가 변한 것이다.

"뭐하세요?"

"응? 가네~"

베이스퍼는 잠시 생각하다가 진운의 재촉에 서둘러 야마시타 골드가 숨겨져 있다는 동굴 안으로 들어갔다.

사실 베이스퍼도 궁금하긴 했다.

도대체 얼마나 많은 금이 숨겨져 있기에 야마시타 골드 ~ 야마시타 골드~ 하는지 말이다.

하지만 동굴 속에 들어간 지 몇 분 되지도 않았는데 모두가 밖으로 나왔다.

"나참……. 녀석들이 왜 호수에 물을 채워서까지 숨겼는지 이해가 가네요."

뭔가 황당한 것을 본 듯한 얼굴의 진운이었고, 그 옆에 레이나도,

—설마… 이 정도일 줄은……. 처음 봐.

수백 년을 살아온 레이나도 놀라서 고개를 저을 정도였다.

"녀석들이 가져가지 않은 게 아니라… 가져가지 못한 것이었군."

그렇게 말하면서 베이스퍼의 시선이 향한 곳은 동굴 입구가 자리 잡은 건물 5층 높이 정도의 커다란 바위산이었다.

"저게 다… 금이었다니……."

바위산을 보면서 한숨과 함께 나온 말은 놀랍게도 지금 그들 앞에 있는 작은 바위산이 바로 야마시타 골드라는 것이다.

금괴나 골드바, 아니면 금으로 된 여러 가지 것이라고 생각했던 모두의 예상이 완전히 벗어나 버린 것이다.

"크크크크큭……. 호수에 정수된 물을 채우면서까지 치밀하게 숨긴 이유가 있었군요."

진운은 허탈하게 웃으면서 자신이 동굴 안에서 본 것이 아직도 믿어지지 않는다는 듯한 표정이었다.

처음에는 일루미나티와 미군들이 나중에 옮기려고 그런 줄 알았지만 동굴 안으로 들어가서 그들이 가장 처음 본 것은 바로 자신들이 들어간 동굴이 있는 바위산만 한 크기의 금으로 된 불상이었다.

그것도 청동으로 만든 뒤에 금을 입힌 것이 아니라, 처음부터 금으로 만든 100% 순금 불상 말이다.

　도대체 어떤 방법을 썼기에 야마시타가 저렇게 큰 것을 옮겨왔는지도 궁금할 만큼 엄청난 크기에 가장 먼저 진운 일행 모두가 압도될 수밖에 없었다.

　레이나의 라이트 마법에 반짝이는 거대한 순금 불상을 보고 있자면 이걸 가져가면 왠지 죄를 짓는 느낌을 받을 정도였으니 말이다.

　"하지만… 우리도 저걸 손대지 못하는 것은 마찬가지가 되었군그래."

　어느 크기여야 일루미나티 녀석들 한 방 먹이기용으로 훔치든지 가지고 가든 할 텐데 웬만한 5층 건물 크기의 순금 불상은 마땅히 옮길 수단도 생각나지 않을 만큼 컸고, 이곳은 정글 한복판이라서 그럴 만한 수단도 없었다.

　"그냥 베어버리려고 해도… 왠지 역사적 유물을 훼손하는 것 같아서… 쩝……."

　진운은 오러블레이드를 사용해서 거대 순금 불상을 조각내 버릴까도 생각해 봤지만, 불상의 얼굴과 마주하는 순간 묘하게 그러고 싶은 마음이 사라져 버렸다.

　"하아… 정말……. 일제 강점기 시절에 경주의 석굴암에 있는 불상 이마의 다이아몬드를 뽑아간 일본 녀석들은 정말… 대단한 녀석들이었구만."

　무언가 압도되는 불상의 느낌을 받고 난 다음이라서 그

런지 저절로 석굴암이 생각난 진운이었다.

—음…….

베이스퍼와 진운은 거대한 순금 불상에 압도되어 잠시 멍한 모습인 것과 달리 레이나는 처음에는 커다란 것에 놀랐지만 베이스퍼나 진운과 놀라는 포인트가 조금 달랐다.

진운이나 베이스퍼는 커다란 순금이라는 것보다 오래된 불상이라는 것에 놀라는 반면, 레이나는 반대로 불상이라는 것보다 저렇게 큰 순금 덩어리가 있을 수 있다는 것에 놀랐으니 말이다.

그리고 지금 거대 불상이 들어 있는 바위산을 잠시 쳐다보더니,

—될까……?

혼자 곰곰이 고민하면서 허공에 손을 올려 자신의 아공간에 집어넣었다가 다시 손을 뺐다가 하면서 무언가 준비하는 듯한 모습이었다.

"레이나 뭐해?"

당연히 진운은 옆에서 그렇게 바쁘게 무언가 움직이는 레이나를 모를 리가 없었다.

그녀는 거의 진운 옆에 일정 거리 이상 웬만하면 떨어지는 일이 없었으니 말이다.

—내 아공간에 들어갈까, 안 될까, 생각 중이었어.

"아공간?"

—저 거대 순금 불상을 우리가 가져가면 당연히 테칸인가 하는 녀석이 우리가 굳이 찾아다니지 않아도 제 발로 찾아올 것이 분명하잖아.

"뭐, 그야 그렇지."

확실히 저런 엄청난 크기의 순금 불상이 없어지면 아마 자신들이 가진 모든 정보력을 총동원해서라도 찾아내려고 혈안이 될 것이 분명하긴 했다.

—그렇다면 조금 무리해서라도 가져가는 게 좋을 것 같아서.

레이나는 논리적으로 자신들에게 도움이 되기에 어떻게든 가져가려고 하는 중이었다.

하지만 아공간을 그저 물건을 보관하는 아주 멋진 가방 정도로 생각하고 있는 진운은 그게 가능하냐는 듯 레이나를 쳐다보자,

—딱히 불가능할 것 같진 않아.

"정말?"

—후후후훗, 대신 나를 좀 도와줘.

그렇게 말하고 나서 다시 동굴 속으로 들어가 버리는 레이나였다.

레이나가 사라지자 뒤에서 이야기를 듣던 베이스퍼가 다

가오더니,

"방금 이야기… 진담인가?"

자신이 잘못 들은 것이 아닌지 잠시 생각을 하고 그래도 이상해서 진운에게 물어보는 것이다.

"뭐… 레이나가 가능하다면 거의 90% 확률로 가능할 겁니다. 가볍게 그런 말을 입에 올리는 성격이 아니거든요."

"허… 도대체 아공간이라는 것이… 설마……?"

베이스퍼는 아공간이라는 단어가 익숙하지 않기에 놀라다가 문득 자신이 사용하는 검을 보관하는 곳도 아공간이라는 말을 들은 적이 있기에 놀라는 표정을 지으며 진운을 보았다.

"뭐, 베이스퍼가 검을 보관하는 곳도 포괄적으로 따지면 아공간이에요. 저도 검을 보관하는 아공간이 있으니까요. 하지만 레이나의 아공간은 저나 베이스퍼의 아공간과는 그 크기부터가 완전 다를 겁니다."

"허어… 도대체 얼마나 크기에?"

"아직 그녀가 아공간을 가득 채워본 적이 없다고 했으니까요."

"그럼… 저 거대한 순금 불상도 아공간에 집어넣을 수 있다는 말인가?"

"뭐, 제가, 아니 저와 베이스퍼가 도와주면 가능할 겁니다. 가죠."

진운은 그렇게 말하고는 레이나가 들어간 동굴 속으로 들어가 버렸다.

그리고 남겨진 베이스퍼는 잠시 바위산을 한 번 보고는 고개를 흔들면서,

"나도 너무 오래 살았나……."

오늘 참 여러 번 놀라는 날이라고 혼자 속으로 생각하는 중이었다.

Chapter
06
훔
치
자

—진운과 베이스퍼 씨는 제 말을 잘 들어주세요.

"응."

"말해보게나."

레이나는 우선 먼저 들어와서 불상을 한 바퀴 돌아보고는 충분히 자신의 아공간에 넣을 수 있다고 말했고, 그러기 위해서는 진운과 베이스퍼의 도움이 무조건 필요하다고 말했다.

그리고 바닥에 그림까지 그리면서 자세하게 설명을 시작했다.

─우선 나를 기준으로 정확하게 삼각형 꼭짓점에 해당하는 곳에 진운과 베이스퍼 씨가 서 있어야 해요.

"삼각형?"

진운이 알기로 삼각형은 마법진을 그리는 것 중에 하나로 알고 있었다.

─응, 삼각형이야. 진운은 아직 모르지? 삼각형을 중심으로 그려지는 마법진이 어떤 건지?

"응? 아, 아직 본 적이 없어서 말야."

레이나의 손바닥에 그려지는 마법진은 거의 오망성 아니면 사각형, 그것도 아니면 원형이 대부분이었다.

물론 과거에 마법에 관해 소질이 있는지 검사할 때 삼각형을 중심으로 그리는 마법진이 있다는 말을 듣긴 했던 진운이다.

그래서 그걸 기억하고서 물어본 것일 뿐 정확하게는 진운도 알지 못했다.

─삼각형을 중심으로 그려지는 마법진은… 중력 조절 마법진이야.

"중력 조절… 마법진?"

"…중력까지 조절할 수 있단 말인가?"

익히 마법을 알고 있는 진운도 놀라워하는데 베이스퍼는 오죽하겠는가.

다만 인간은 적응의 동물이라는 말이 있듯 베이스퍼도 어느새 레이나의 마법이라는 것이 그냥 상상을 벗어난다는 사실을 있는 그대로 받아들이기로 했고 그래서 적당히 놀라고 있는 중이었다.

―내 계획은 이래. 저 거대한 순금 불상을 들어서 아공간에 집어넣는 것은 사실상 불가능해. 그렇지?

레이나의 말에 진운은,

"그거야 당연하지. 무게만 해도 몇백 톤이 될지 감도 안 잡히는데……."

베이스퍼는 조용히 고개만 끄덕였다.

―그래서 리버스 그라비티(Reverse gravity:반중력) 마법진이 필요한거야.

"리버스 그라비티면… 반중력?"

―맞아, 중력을 뒤집어서 저 불상을 위로 띄워 버릴 생각이야. 그리고 그렇게 허공에 뜬 불상 바로 아래쪽에 내 아공간의 입구를 열고 나서 리버스 그라비티 마법을 캔슬하면~ 그대로 내 아공간 속으로 쏙 들어가 버리는 거지.

"아~ 굿 아이디어네!!"

진운도 레이나의 말을 듣더니 손뼉을 치면서 좋아했다.

물론 베이스퍼도 혀를 내두른 것은 마찬가지였다.

완전 일반적인 사람들이 생각하는 방식이 아닌 것이다.

거기다 더욱 황당한 것은 아무런 흔적이 남지 않는다는 것이 더욱 중요했다.

사실 이 동굴로 들어오는 입구는 겨우 성인 세 명이 지나갈 만큼 작았다.

물론 동굴 안은 엄청난 크기로 넓었지만 유일하게 드나들 수 있는 통로가 너무 작은 것이다.

그런데 그런 상황에 웬만한 5층 건물 크기의 엄청난 거대 순금 불상이 사라졌다면 어떻겠는가?

"녀석들 완전 멘탈 붕괴 상태가 되겠군."

멘붕 수준이 아니라 한동안 뭐가 어떻게 된 건지 이해하기도 힘들 것이다.

사실 호수를 얼려서 폭발시켜 공기와 함께 날려 버린다는 방식부터가 이미 상식선을 한참 벗어나 있었으니 말이다.

하루 만에 이곳을 가득 채우던 호수의 물이 사라지고, 성인 세 명이 겨우 드나들 만한 입구를 제외하면 전혀 틈이 없는 동굴 안에 있던 거대 순금 불상이 아무런 흔적도 없이 사라진다고 생각해 보라.

당하는 입장에서는 아주 미치다 못해 간질병이 걸릴지도 몰랐다.

ㅡ자, 시작합니다.

레이나가 시작 신호를 주자 진운과 베이스퍼는 빠르게 미리 이야기 들은 대로 자신의 위치로 달려가더니 마나를 끌어올려 활성화시키기 시작했다.

마법진을 우선 그리기 위해서는 가장 중심이 되는 것이 필요한데 일반적으로 사각형은 네 명의 마나를 사용하는 사람이거나 마나석이 중심이 되었다.

이번에는 삼각형이 중심인 마법진이니 지금 인원만으로도 충분한 것이다.

─시작합니다!!

레이나도 자신의 마나를 최대한 활성화하면서 천천히 자신의 양옆에 있는 진운과 베이스퍼에 맞추어 마나를 활성화하는 강도를 조절하기 시작했다.

─정확해야 해요. 어느 누구 한 명이라도 힘의 강도가 다르면 마법진은 실패합니다!

마법에 관해서는 가차없는 레이나였기에 진지한 표정으로 마법을 시작했다.

하지만 이미 마나를 조절하는 것에 있어서는 둘째가라면 서러운 베이스퍼였고, 마나의 이해가 빠른 진운이었다.

게다가 마나가 자신의 일부인 레이나였기에 빠른 시간에 세 명의 마나가 놀랍도록 정확하게 딱 맞았다.

─집중해 주세요! 시작합니다!

마나의 강도가 일치하자 곧바로 마나의 공명이 시작되었고, 레이나는 기다리던 마나의 공명이 울리자 양손을 뻗어 하나는 진운을 향해, 하나는 베이스퍼를 향했다.

그리고 알 수 없는 언어를 중얼거리기 시작했다.

지금까지 웬만한 마법주문은 손바닥에 마법진을 그려서 캔슬해 버리는 자신만의 마법을 사용했던 것과 달리 이번 마법진은 100% 전통 마법진을 그리는 방법 그대로 시행하고 있는 것이다.

물론 그만큼 거대 순금 불상의 크기와 무게가 만만치 않았기에 어쩔 수 없기도 했다.

파삭!

레이나의 중얼거리는 주문이 끝나자 진운과 베이스퍼, 그리고 레이나의 몸이 동시에 환하게 빛을 뿜으면서 허공으로 푸른빛의 선이 그려지기 시작했다.

레이나로부터 시작된 푸른 선은 먼저 베이스퍼와 진운을 거쳐 한 바퀴 돌고 나서 다시 레이나에게 도착했다. 그러자 알지 못하는 그림과 같은 도형이 허공에 떠오르기 시작했다.

마치 컴퓨터로 미리 프로그램을 입력한 것을 모니터에 떠올려 보여주는 듯한 마법진의 그림이 완성되었을 때,

―리버스 그라비티(Reverse gravity)!!!

레이나의 입에서 우렁찬 마법 시동어가 외쳐졌고,

찌억!!

마법진이 빛을 발휘하는 것과 동시에 엄청난 무게의 거대 순금 불상이 허공에 떠올라 버렸다.

"……!!!"

"……!!!"

순간 거대 불상이 마치 헬륨가스를 머금은 풍선이 하늘을 향해 떠오르듯 가볍게 뜨는 것에 진운과 베이스퍼 둘 다 살짝 놀랐다.

그때!

―두 분 다!! 집중해요!! 마법진이 흔들리면 처음부터 다시 해야 해요!!!

놀라면서 마나가 살짝 흔들리는 것을 알아챈 레이나가 큰 소리 쳤고 그 덕분에 다들 다시 정신을 차려서 그런지 마법진이 깨지는 불상사는 피할 수 있었다.

사실 진운과 베이스퍼는 그저 마법진을 형성하는 중심역할만 하면 되니 크게 힘들 게 없었다.

그저 마나의 강도만 레이나와 똑같이 맞추고 유지하면 되니 말이다.

정작 힘들고 복잡한 것은 모두 레이나 혼자 하고 있는 중이었다.

리버스 그라비티 마법의 복잡한 수식을 계산하고 마법진

을 활성화하는 것부터 시작해 이제 떠오른 불상 바로 아랫부분에 자신의 아공간 입구를 열어야 하는 것까지 말이다.

—아공간 오픈!!!

리버스 그라비티 마법진이 완전히 활성화되자 레이나는 진운과 베이스퍼를 향했던 팔을 거둬 바로 불상 아래쪽으로 아공간을 불렀다.

그러고는 작은 가방 크기만 한 아공간의 입구가 열리자,

—확장!! 확장!! 확장!!!

입구를 늘리기 시작했다.

한 번 아공간의 입구를 늘릴 때마다 두 배로 커지는 것이 몇 번 하지도 않았는데 순식간에 불상 크기만큼 커져 버렸다.

—후… 하…….

이제 가장 마지막 단계만 남은 상태였다.

—모두 제가 캔슬하는 순간 마나를 끊어주세요!

"응!"

"알겠네!"

—…준비…….

사실 레이나도 이 정도로 큰 것을 아직 아공간에 넣어본 적이 없었기에 많이 긴장하고 있는 중이었다.

사실 엘프로 살아오면서 이런 큰 것을 아공간에 넣어볼

경험이 있기나 하겠는가.

해보지 않은 것에 도전하는 것은 사실 엘프의 성격에 맞지 않는 편이지만 상황이 상황인 만큼 조금 무리해서 도전하는 것이다.

―캔슬(cancel)!!!

탁!

타탁!!

레이나의 캔슬이라는 말이 떨어지자마자 마치 순간이동하듯 진운의 모습이 마법진에서 사라져 버렸고, 베이스퍼도 순간이동까지는 아니지만 빠르게 마법진에서 벗어나 버렸다.

그리고 레이나도 두 사람이 빠지는 것과 동시에 정확한 타이밍에 마법진을 유지하고 있던 마나를 끊어버렸다.

어떻게 보면 지금 마법은 참 쉬워 보일지도 몰랐다.

하지만 그건 정말 모르는 말이었다.

만약 캔슬을 하면서 마나를 끊는 타이밍이 어느 한쪽이 늦기라도 한다면 불안정해진 마법진은 기울어져 버릴 수밖에 없었다.

그런데 마법진이 기울어진다는 것은 반중력 마법으로 공중에 떠 있던 거대 순금 불상이 기울어진다는 것과도 같은 말이었다.

즉, 먼저 타이밍이 맞지 않으면 대형사고가 벌어지기 쉬운 마법인 것이다.

거기다 지금 불상의 아랫부분에 딱 맞게 아공간을 확대해 놓았기 때문에 불상이 기울어지기라도 한다면 아공간에 들어가지도 못하고 실패로 끝나게 될 위험이 높을 수밖에 없었다.

하지만 마나에 너무나 민감한 사람들이라 그런지 정확한 타이밍에 마나를 끊어버렸고,

쑤우욱~

거대 순금 불상을 받치고 있던 반중력 마법이 사라지자 믿어지지 않을 만큼 매끄럽게 레이나가 열어놓은 아공간 속으로 빨려 들어가듯 사라져 버렸다.

준비하는 데는 거의 30분이 넘게 걸렸지만 막상 거대 순금 불상이 아공간 속으로 사라지는 데는 불과 2초도 채 안 되는 아주 짧은 시간에 불과했다.

"성공이다!"

진운은 눈앞에서 거대한 불상이 땅속으로 사라지는 것에 큰 소리 쳤다.

"성공이구만. 놀라워, 정말……."

베이스퍼도 마치 그림으로 지우듯 거대 불상이 땅속으로, 아니 정확하게는 레이나가 바닥에 열어놓은 아공간 속

으로 사라져 버리는 모습에 감탄했다.

그리고 가장 이번 작전에 일등공신인 레이나는 환하게 웃으면서 진운과 베이스퍼를 향해 엄지손가락을 들어 보였다.

"푸하하하하하하하하!!!"

"크크크크큭큭큭큭."

성공했다는 안도감과 함께 뭔가 성취감에 지금껏 당하기만 했던 녀석들에게 한 방 먹인다는 기분까지 더해져서 한바탕 크게 웃기 시작한 진운과 베이스퍼는 잠시 쉬었다가 조용히 어둠 속으로 사라져 버렸다.

Chapter
07
완전범죄

　진운과 레이나 그리고 베이스퍼가 사라진 지 이틀 후 그
들이 사라진 곳으로 군용 헬기 여럿과 공병이나 자주 쓸 법
한 여러 가지 장비가 대거 몰려와 있었다.

　그런데 대규모로 온 것 치고는 이상하게 가만히 서 있기
만 한 것이다.

　한편 그런 사람들과 달리 작전지휘본부에 앉아서 군인의
보고를 받던 테칸은 자리를 박차고 벌떡 일어서면서 외쳤
다.

　"이걸… 지금 나에게 보고라고 하는 건가?"

“그게… 감쪽같이 사라졌습니다.”

“…그게 사라져? 어떻게?”

부하의 보고를 받은 테칸은 지금 당장 눈앞의 녀석을 자신의 불꽃으로 뼈까지 태워 버리고 싶은 심정이지만 겨우 참고 있는 중이었다.

자신이 현재 책임자로 있긴 하지만 상대는 이곳의 모든 군인을 통솔하는 계급에 있으니 자칫 홧김에 이 녀석을 죽여 버리기라도 하면 골치 아파지는 것은 결국 자신이었으니 말이다.

“직접 확인하겠다.”

테칸은 도저히 말도 안 되는 보고를 하는 녀석의 말에 자기 발로 직접 가서 두 눈으로 확인하고 나서야 할 말을 잃어버렸다.

“어떻게 된 거지?”

불과 이틀이었다.

그동안 혹시나 하는 생각에 사형수들을 이용해서 만든 시험작 좀비들을 풀어놓았고 이곳 동굴 입구에 근처의 모든 물을 끌어와서 없던 호수까지 만들어 놓았었다.

그리고 모든 준비를 해서 다시 오기까지 겨우 이틀이었다.

“누가… 설명… 좀… 해주겠나?”

테칸은 자신도 모르게 말을 힘겹게 하고 있다는 사실도 느낄 수 없을 만큼 지금 정신적인 데미지가 상당했다.

"그게 저희가 왔을 때 이미 채워놓았던 물이 모두 사라지고 없었습니다. 그래서 혹시나 해서 빠르게 동굴 안으로 들어와 보니… 지금처럼… 흔적도 없이 사라져 버렸습니다."

"……."

보고를 가만히 듣던 테칸은 주변을 살펴보더니,

"다른 구멍이나 빼내갔다고 생각되는 곳은?"

"없습니다. 이미 이곳에 있는 모든 병사를 동원해서 샅샅이 찾아봤지만 저희가 들어온 입구 외에는 다른 그 어떤 흔적도 없었습니다."

보고를 들으면 들을수록 화가 치밀어 오르는 테칸이었다.

불과 며칠 만에 사라져 버린 것이다.

엄청난 크기의 순금 불상이 말이다.

그거 하나면 항공모함도 한 대 살 수 있을 만큼 값어치가 있는 것이었다.

금의 가치만이 아니라 불상의 크기와 예술적 가치가 오히려 더 컸으니 항공모함 한 대 정도는 충분히 살 수 있을 만한 가치가 있었다.

그리고 그렇게 이미 보고를 마친 상태였다.

그런데 돌아와 살폈을 땐 이미 그 흔적도 남기지 않은 채 모습을 감춘 것이다.

"우리 외에 다른 국가가 움직인 흔적은?"

테칸이 생각하기로는 이런 짓을 서슴없이 할 만한 녀석 들은 국가 단위 단체가 가장 유력하니 물어봤지만,

"사실상 저희가 풀어놓은 좀비를 뚫고 와서 흔적도 없이 황금 불상을 가져간다는 것은 불가능합니다. 무게만 해도 수백 톤은 될 텐데 그 어디에도 중장비나 다른 장비의 흔적 을 찾을 수가 없었습니다."

"그럼… 이게 제 발로 걸어 나가기라도 했단 말인가? 어 디 한번 대답해 보게, 대령."

눈빛에 초점이 살짝 흐릿해지고 자신을 보는 순간 온몸 에 소름이 돋는 것을 느낀 대령은 본능적으로 위험하다고 판단했다.

하지만 이미 테칸은 대령의 코앞까지 얼굴을 들이민 상 태였다.

상대는 기분이 수틀리면 태워 죽이기로 유명한 테칸이었 다는 것을 생각해 낸 대령은 온몸에 식은땀을 흘리기 시작 했다.

"대령, 왜 그렇게 땀을 흘리는 건가? 이곳이 더운가?"

“아, 아닙니다.”

테칸의 말투가 갑자기 신경질적인 말투에서 부드럽게 변하자 대령은 더욱 당황하면서 공포에 떨고 있었다.

이미 테칸과 움직이기 전에 상부로부터 절대로 주의하라고 들었던 주의사항이 있었다. 테칸의 말투가 혹시라도 갑자기 부드러워지면 무조건 도망가라고 지시했었는데, 지금 딱 그 상황인 것이다.

“그럼 말해보게, 대령. 무게만 수백 톤은 되고 다른 흔적도 없이 감쪽같이 사라진 금덩어리 불상이 어디로 갔을까? 참 궁금하지 않나, 자네는?”

“……”

대령은 그동안 군대 눈칫밥으로 살아온 경험이 지금 대답 하나로 자신의 목숨이 결정된다고 느꼈는지 쉽게 대답을 하지 않고 있었다.

“왜 그리 두려워하는 건가? 대령… 한번 말해보게. 난 그저 대령의 생각이 듣고 싶을 뿐이니까 말야.”

“그, 그게… 그러니까……”

뭐라고 말해야 자신이 지금 테칸의 손아귀에서 살아남을 수 있을지 고민하는 대령은 눈동자가 심하게 흔들리는 중이었다.

아주 짧은 순간이지만 이 짧은 순간에도 수만 가지 생각이 그의 머릿속으로 스치고 지나갔으니 말이다.

그런데 그렇게 맹렬하게 머릿속에서 생각들이 스치고 지나가던 순간,

"위, 위성을 한번 확인해 보셨으면 합니다!"

거의 도박에 가까운 심정으로 외치자,

"오오~ 위성… 이라… 그렇군, 내가 왜 그 생각을 못했지?"

천만다행인지 대령의 대답이 마음에 들었는지 테칸은 입가에 미소를 슬쩍 띠우더니 그길로 대령을 스쳐 지나가 버렸다.

"……."

그렇게 테칸이 완전히 동굴 밖으로 나가자 그제야 살았다는 생각이 들었는지,

털썩!

그대로 주저앉아 버린 대령은 가쁜 숨을 몰아쉬면서 한참 동안이나 가슴을 진정시키느라 애를 먹어야만 했다.

하지만 그렇게 진정시킨 대령이 다시 일어서서 걸어 나오다 문득 테칸이 자신을 스치고 지나갈 때 살짝 건드린 왼쪽 팔 부분에 느낌이 이상해서 쳐다보고는,

멈칫!

한순간 온몸의 피가 얼어붙는 느낌을 받아버렸다.

“…옷만 깨끗하게 타버렸다니…….”

왼쪽 팔목부터 손목까지 정확하게 옷만 깨끗하게 타서 사라져 버린 것이다.

타는 냄새도, 타면서 뜨거움도 느끼지 못했던 대령이었다.

만약 조금 전 자신의 대답이 잘못되었거나 테칸을 만족시키지 못했다면 아마 옷이 아니라 자신의 몸이 저렇게 타서 재도 남기지 못하고 사라졌을지도 모른다고 생각이 드는 순간이었다.

결국 대령은 멍하니 테칸이 사라진 입구를 바라볼 뿐이었다.

한편 대령을 동굴에 두고 밖으로 나온 테칸은 바로 지휘 본부로 가더니 위성 기록을 살피기 시작했다.

그런데 위성사진을 살피던 도중 이상한 사진 한 장을 발견했는데,

“이건 뭐지?”

위성사진으로 보면 위치는 자신이 야마시타 골드 입구를 숨기기 위해 물을 채워 호수로 만든 곳과 완벽하게 일치하는 곳이었다.

위성사진이 찍힌 시간이 거의 새벽 시간이지만 일루미나티에서 독자적으로 만든 적외선 기술이 담긴 렌즈를 장착

한 위성이기에 밤이나 낮이나 크게 차이가 없을 만큼 선명하고 깨끗한 사진이었다.

근데 그렇게 깨끗한 사진에 테칸도 처음 보는 묘한 장면이 찍혀 있는 것이다.

"이건 도대체 뭐지……?"

위성사진의 중심에 하얗게 피어오른 것이 마치 피어오르는 꽃이라는 착각을 일으킬 만큼 특이한 모양이 찍혀 있었다.

처음에 보고 위성이 오작동을 일으켰나 싶은 생각에 몇 번이나 다시 살펴보았다.

그리고 시간적으로 크게 차이 나지 않는 다른 사진까지 살펴보고 나서야 오작동이 아닌 것을 알 수 있었다.

"대령은 이게 뭘로 보이지?"

동굴에서 쇼크가 겨우 진정이 되었지만 현재 지휘권은 테칸이 가지고 있었고, 그런 테칸을 보조하는 게 대령의 임무였다.

그러니 당연히 지휘본부로 오자마자 테칸이 내민 사진을 봐야 했던 대령이었다.

"……"

오자마자 사진 몇 장 내밀면서 뭔지 물어보는 테칸의 질문에 속으로야 '내가 그걸 어떻게 알아!!!' 라고 소리치고 싶은 마음이 굴뚝같았지만, 그랬다가는 그 순간 자신은 세상에서 사라져 버릴 테니 그러진 못했다.

물론 자신이 위성을 살펴보라는 말을 꺼낸 것도 한몫하긴 했고 말이다.

그렇게 위성사진을 천천히 살펴보던 대령이 고개를 갸웃하더니,

"이건 마치 얼음이 폭발할 때 나오는 모습과 비슷한 것 같습니다."

대령은 과거 자신이 남극기지에 근무했을 때 하늘 위에서 남극 얼음끼리 너무 강한 힘으로 부딪치면서 얼음이 폭발해 사방으로 흩어진 장면을 본 적이 있었는데 지금 위성사진이 그것과 너무 비슷했기에 말했다.

"얼음?"

"네, 남극기지에 근무했을 때 이것과 비슷한 위성사진을 본 적이 있습니다. 그때 순간적으로 너무 강한 압력에 의해 얼음이 부서지면서 마치 분수가 솟아오르듯 튀어 오른 적이 있었습니다."

대령은 그저 자신이 본 것을 그대로 말했을 뿐이지만 테칸은 피식 웃으면서,

"대령은 내가 바보로 보이나?"

"네? 그게 아니라……."

대령도 자신이 말하고 나서야 이곳이 어딘지 기억해 낸 것이다.

얼음은커녕 365일 푹푹 찌는 여름이 있는 곳, 다른 곳이 겨울인 시간에도 비가 내리는 우기가 시작되는 곳이 바로 이곳 필리핀이었다.

그런데 그런 곳에서 얼음이라니?

대령은 자신이 말하고도 실수했다는 느낌이 들 정도였다.

그런데 막 화를 내려던 테칸은 순간 표정이 바뀌더니,

"…아니야. 어쩌면……."

테칸은 대령의 말에 기가 막혀서 화가 치밀어 오르다가 문득 자신이 불을 다루는 것처럼 얼음을 다루는 능력자가 있을지도 모른다는 생각이 든 것이다.

"대령!"

"넷! 테칸님."

"얼음을 다루는 능력을 가진 녀석이 있는지 알아봐. 그녀석이 소속된 곳에서 이번 일을 저지른 것이 확실하니 말야."

"넷!! 당장 알아보겠습니다."

그러고는 꽁무니가 빠져라 지휘본부를 나가 버리는 대령이었다.

테칸과 더 이상 같이 있다가는 언제 죽을지 모르는 공포에 미쳐 버릴지도 모른다는 생각에 최대한 빠르게 빠져나가 버린 대령이었다.

그런데 대령이 얼마 뒤 다시 테칸 앞에 나타났다.

"무슨 일이지?"

나간 지 겨우 몇 분 만에 얼음을 사용하는 능력을 가진 녀석을 찾아냈을 리는 없으니 말이다.

그런 능력과 수완이 있다면 겨우 군에서 대령으로 썩을 녀석이 아니었다.

벌써 일루미나티에서 스카웃해도 수십 번을 했을 것이다.

"그게… 이걸 보십시오."

대령이 내민 것은 노트북이었다.

그리고 노트북을 켜자 병사들이 찍은 동영상이 흘러나오는데 그 동영상에는 썩은 시체들만 찍혀 있었다.

그런데 그 시체가 낯익은 테칸이 대령을 쳐다보자,

"저희가 잠시 기지로 철수하면서 버렸던 실험체들입니다."

대령은 좀비를 실험체라고 부르고 있었다.

하지만 테칸은 대령을 말을 듣더니 별거 아닌 걸로 왜 다시 왔냐는 듯한 표정으로,

"그것들이라면 어차피 이틀 정도가 지나면 자연스럽게 썩은 시체로 돌아가는 실패작인데 왜 이걸 찍어서 보여주는 거지?"

어차피 테칸이 철수하면서 실험에 실패해서 길어야 이틀, 짧으면 하루 만에 다시 썩은 시체로 돌아갈 실패작을 처리도 할 생각으로 이곳 호로섬에 버렸던 사실을 떠올린 것이다.

자연스럽게 시간이 지나면 썩은 시체로 다시 돌아갈 좀비들이었기에 테칸은 아예 생각조차 하지 않고 있었는데 대령이 다시 일깨워 준 셈이었다.

"그게 이걸 한번 보십시오."

동영상을 조절하는 레버를 빠르게 돌리더니 헬기를 이용해서 하늘에서 찍은 듯한 영상을 보여주는데,

"…뭐지, 이건?"

한 곳을 향해 쳐다보면서 둥근 원형으로 누워 그대로 시체로 돌아가 버린 좀비들의 모습이었다.

얼핏 보면 마치 외계인들이 나타났다 사라지면 생긴다는 미스터리서클(UFO가 땅에 착륙하면 생긴다는 원형의 기이한 흔적)을 보는 것 같았으니 말이다.

"이런 식으로 실험체들이 죽어 있는 곳이 한두 곳이 아닙니다."

그리고 영상을 빠르게 돌리면서 하나씩 보여주는데 놀랍게도 영상에 나오는 지형만 조금씩 다를 뿐, 좀비들이 죽어 있는 모습은 크게 다를 바가 없었다.

"침입했군."

좀비들의 부자연스러운 모습만 봐도 이미 누가 침입한 것이 확실해 보였다.

그저 어차피 시간이 지나면 다시 시체로 돌아가 다시는 실험에 쓰이지 못하는 쓰레기를 처리하자는 생각에 이곳 호로섬 정글에 버렸는데 뜻밖에도 좀비들이 무언가 자신들이 찾지 못한 적의 흔적을 발견하게 해준 것이다.

"상태는 어떻지?"

테칸이 물어본 것은 죽은 좀비들의 모습을 말하는 것이었다.

"깨끗합니다. 단 하나, 사람 주먹 크기 정도로 머리나 가슴 한 곳이 함몰된 것을 빼면 그 어디에도 총알 자국이나 검에 베인 흔적도 없습니다."

테칸은 대령을 말을 들으면서 고민하더니,

"내가 직접 간다."

아무래도 자신이 직접 가서 알아봐야겠다는 생각에 움직여 헬기를 타고 가서는 일일이 좀비들을 살펴보기 시작했다.

헬기로 근처에 왔을 뿐이지만, 주변에 좀비의 시체가 썩어가면서 풍기는 냄새가 벌써 몇백 미터 밖에서도 코를 자극할 만큼 지독했다.

하지만 테칸은 아무렇지 않은 듯 방독면도 없이 헬기에서 내렸다.

그런 테칸을 보조하기 위해 같이 움직인 군인들은 방독면이 없으면 숨도 쉬지 못할 만큼 엄청난 곳임에도 유일하게 테칸만 아무렇지도 않게 시체들 곁으로 걸어가고 있는 것이다.

시체 썩은 내가 뭐 얼마나 심하다고 방독면까지 쓸까 하겠지만 지금 이곳을 가득 채우고 있는 고약한 냄새는 바로 시취(尸臭)라고 해서 시체가 부패하기 시작하면서 가스가 차오를 때 발생하는 것을 일컫는다.

시취라는 것이 정말 엄청나게 독하다는 것을 모르는 사람이 대부분일 것이다.

일례로 일본의 경우 자살하는 사람이 많았고 집에서 혼자 살다가 죽는 고독사가 많은 편인데, 날씨가 따듯하기만 해도 하루 만에 방 안에 시취가 가득차서 배어버릴 만큼 시체 썩은 냄새는 엄청난 위력을 가지고 있었다.

그리고 시취는 오래 맡으면 어지럽고, 구토에 머리가 아픈 등 직접적으로 사람의 몸에 이상을 일으키는 편이었다.

겨우 몇 구의 시체가 썩으면서 나는 시취만으로도 어지러울 정도인데 지금 테칸이 있는 곳에 있는 수백 구의 좀비 시체가 썩어가면서 풍기는 냄새는 오죽하겠는가?

얼마나 심했으면 근처의 나무들과 풀이 노랗게 말라 죽어가고 있었다.

정글에서 자라는 나무와 식물은 엄청난 생명력을 보여주는 것이 보통인데 그런 정글에서 나무가 며칠 만에 죽어간다면 얼마나 지독한지 알 만했다.

거기다 좀비가 되기 위해 마기를 주입했던 시체는 다시 마기가 사라져 시체로 돌아오면서 썩는 속도가 일반적인 시체에 비해 몇 배나 빠른 특징 때문에 더욱 독했다.

원래는 실험에 실패한 좀비들은 일루미나티에서 만든 특수 시설에서 한꺼번에 태워 버리는 것이 일반적인 절차였다.

하지만 테칸은 자신들이 철수하면서 겨우 며칠이지만 혹시나~ 하는 생각으로 자신들이 미처 생각지 못한 데이터라도 나올지 모른다는 호기심에 나중에 죽은 좀비들은 태워 버리면 된다는 생각으로 풀어놓았었다.

"한 방이군."

좀비의 시체에 가까이 다가가서 살펴보던 테칸은 대령의 말대로 머리 아니면 가슴, 정확하게는 심장이 위치해 있던 곳에 성인 주먹 크기 정도로 움푹 패여 있는 것을 확인했다.

테칸은 좀비들을 일일이 다 확인하고서는 모든 공통적으로 같은 흔적이 남았다는 것을 포착한 뒤에야 누군가 침입한 것이 확실하다고 판단을 내렸다.

"다른 곳으로 간다."

하지만 이런 흔적이 여러 개라는 말에 좀 더 정보를 얻기 위해 헬기에 탑승한 테칸에게 대령이 다가왔다.

"테칸님, 저 실험체는 태워 버릴까요?"

테칸은 대령의 말에 한 번 보더니,

"태워 버려."

"알겠습니다."

더 이상 필요없다는 듯 무심하게 말하자 즉각 대기하고 있던 화염방사기를 장착한 특수병들이 벌 떼같이 좀비 시체에 달려들어,

화아아아악!!!

화아아아아아아앙악!!!

쉽게 꺼지지 않는 특수 오일 배합으로 만든 불꽃을 뿜어내면서 좀비들을 태우기 시작했다.

시커먼 연기와 함께 매캐한 냄새가 시체 썩은 냄새를 대신해서 사방에 번졌지만 테칸을 태운 헬기는 이미 그 자리

를 벗어나고 있었기에 영향을 받지 못했다.

아니, 시취 속에서도 멀쩡했던 테칸이 타는 냄새 때문에 곤란하진 않았을 것이다.

그리고 차례대로 대령의 안내에 따라 테칸이 직접 확인하고 태우는 작업을 반복했다.

"일직선이군."

작전본부로 돌아온 테칸은 자신이 직접 확인한 흔적과 좀비들이 쓰러져 있던 장소를 지도에 놓고 점을 찍어보았다.

놀랍게도 일직선에 가까울 정도로 거대 순금 불상이 있던 곳을 향해 있다는 것을 확인할 수가 있었다.

"그리고… 침입자는 두 명에서 네 명 사이야."

좀비들의 시체에서 보인 흔적이 처음부터 끝까지 동일한 흔적이라는 것만 봐도 단 한 명이 수천 마리에 달하는 좀비를 상대했다는 것을 추측할 수 있었다.

그리고 절대로 일반적인 특수부대나 군인은 아닐 것이라는 게 테칸의 결론이었다.

아무리 실험에 실패해서 며칠밖에 움직이지 못하는 존재라곤 해도, 좀비는 좀비였다.

마기로 인해 다시 태어난 좀비의 힘은 사람의 상상력을 완전히 뛰어넘을 만큼 강하다는 것을 너무나 잘 알고 있는 테칸이었다.

처음 일루미나티에서 좀비를 만들어 실험했을 때 좀비가 그저 손바닥 힘으로 움켜쥐는 힘이 무려 300kg에 달할 만큼 악력을 보여준 것을 시작으로, 살아 있는 것에 달려들어 찢어버리는 팔 힘은 무려 700kg까지 수치를 찍은 적이 있었으니 말이다.

700kg의 수치는 지구상에서 가장 무는 힘이 강하다는 악어가 무는 것과 비슷했다.

그 정도면 살아 있는 사람의 온몸을 찢거나 팔을 뽑는 것은 좀비에게는 어린애 장난감을 가지고 노는 것과 별반 다를 게 없었다.

그런데 그런 좀비를 일반적이 사람이 상대한다?

도저히 있을 수 없는 일이었다.

일루미나티에서도 좀비를 상대하는 것은 오직 능력자들뿐이었으니 말이다.

그런데 그런 좀비 수천 마리를 상대로 오직 혼자 싸운다? 누가 봐도 능력자 아니면 국가에 공인을 받은 마스터뿐이었다.

하지만 능력자라면 일루미나티의 감시를 벗어날 수 없으니 마스터가 아마 유일할 것이다.

"마스터겠군."

테칸도 마스터로 거의 결론을 짓고 있었다.

특히나 무기를 쓰지 않고 맨손으로 좀비를 상대했다는 것에 가장 유력한 인물이 바로 중국의 국가공인마스터 백호연이었다.

빠른 공격과 짧고 강하게 내리지르는 찌르기가 대표적인 영춘권의 고수, 아니 영춘권의 마스터라고 불리는 그라면 충분히 맨손으로 좀비 수천 마리를 상대할 수 있을 테니 말이다.

"대령, 중국의 마스터인 백호연의 행적을 알아봐라. 특히 최근 며칠간의 행적에 대해서 말야."

"넷! 테칸님."

명령을 받은 대령은 나간 지 몇 분 만에 바로 들어왔다.

"어떻지?"

테칸은 자신의 추측이 맞기를 바라는 마음에 슬그머니 물어보자 대령은 서류 한 장과 사진 한 장을 내밀면서,

"중국의 마스터인 백호연은 현재 자신의 거처에서 왼쪽 팔이 없는 외국인 남자 한 명과 일행으로 보이는 외국인 소녀 한 명을 가르치고 있다는 정보입니다. 특히 일주일 전부터 거처를 나가지 않고 마당에서 직접 가르치는 것을 확인했습니다."

"응? 일주일 동안? 외팔이 외국인을 가르쳐?"

대령의 보고에 테칸은 사진을 집어 들더니 정말로 백호연의 집 마당에서 왼쪽 팔이 없는 금발의 외국인 남자를 상대로 지도하는 모습이 찍혀 있었다.

그 옆에는 테칸도 놀랄 만큼 미모를 가진 소녀가 서 있었고 말이다.

"중국 무술을 외국인에게 가르쳐? 웃긴 일이군."

테칸도 중국 무술의 배타적인 성격을 잘 알고 있기에 백호연이 외국인, 그것도 왼쪽 팔이 없는 외국인을 가르치는 모습에 웃음이 먼저 터져 나와 버렸다.

현재 백호연은 중국 무술계의 정점에 서 있는 남자였다.

그의 입김이 얼마나 강한지 일루미나티가 중국에 침투하기 위해 군에 접근했지만 백호연의 말 한마디에 마치 철벽에 가로막힌 듯 도저히 뚫지 못했을 정도였으니 말이다.

백호연은 중국의 무예를 하는 사람, 특히 군인에게는 자존심이나 마찬가지인 것이다.

그런데 그런 백호연이 외국인을 가르친다?

마스터에게 가르침을 받는다는 것은 제자가 된다는 것이나 마찬가지였다.

물론 과거 이소룡이 미국에서 외국인 제자에게 자신의 절권도를 가르치긴 했지만 그는 미국으로 이민을 가서 살던 상황이었기에 가능했던 것이다.

백호연과는 사정부터 달랐다.

"그런데… 지금 백호연이 가르치는 남자의 신상 정보가 어디에도 없습니다."

"응? 신상 정보가 없다니?"

"중국의 마스터가 특이한 외국인을 가르친다는 정보는 이미 접수하고 있던 CIA에서 자존심과 폐쇄적인 성격이 강한 중국 무술의 정점에 있는 백호연의 제자로 들어갔다는 정보에 즉각 누군지 알아보기 위해 움직였습니다만… 그 어디에도 정보가 없었다고 합니다."

"무국적자란 말이로군."

CIA에서 알아내지 못할 정도면 거의 국적이 없는 사람일 가능성이 높았다.

하지만 깊이 생각하지 않기로 한 테칸은 사진을 내려놓고는,

"그럼 누구지……? 베이스퍼인가?"

현재 자신들의 일을 가장 방해할 확률이 높은 인물이라면 베이스퍼가 압도적이었다.

하지만 그는 검사였다.

검으로 마스터에 오르고 마이스터까지 오른 인물로 검을 든 그는 세상에 무서울 게 없는 사람인 것이다.

하지만 좀비는 모두 맨주먹에 당한 상태였다.

베이스퍼가 굳이 검을 두고 힘들고 익숙하지 않은 맨주먹으로 수천 마리의 좀비를 처리한다?

그것도 아주 짧은 시간에? 몇 마리, 아니 넉넉하게 잡아 몇백 마리까지는 어떻게 처리할 수 있다고 생각할 수 있었다.

하지만 그것도 그게 최대 한계선인 것이다.

한번 검을 잡은 사람은 검을 놓으면 무력이 반, 아니 1/4까지 떨어지는 것이 일반적이었다.

물론 베이스퍼가 아무리 마이스터에 오른 존재라고 해도 검이 아닌 맨손을 사용한다는 것은 이상할 수밖에 없었다.

한번 잡히면 벌 떼같이 수십 마리가 달라붙어서 물어뜯어 버리는 게 좀비의 본능이었다.

굳이 검을 두고 맨손으로 수천 마리의 좀비를 처리하는 위험을 감수해야 할 이유가 없었다.

그리고 지금까지 베이스퍼가 검이 아닌 맨손으로 자신들을 상대한 적이 없었다는 것도 베이스퍼를 제외한 가장 큰 이유였다.

"……."

그렇게 생각에 잠긴 지 몇 분이 지났을까? 문득 로이칸에게 들었던 말이 생각난 테칸이었다.

"검은 머리… 동양인……. 마스터에 가까운 능력… 혹

시……?"

테칸은 로이칸이 그저 지나가는 말투로 베이스퍼를 기습할 때 같이 있던 동양인에 대해 말했던 일을 떠올렸다.

그리고 이내 바로 머릿속에 떠오르는 것이 있었으니,

"정진운, 크크큭… 녀석이군……."

야마시타 골드 때문에 잠시 잊고 있던 정진운이 생각난 것이다.

국가공인 마스터가 아니면서도 그에 근접한, 아니 직접 싸워본 테칸의 느낌으로는 국가공인 마스터보다 더 강한 정진운이라면 좀비들이 왜 저렇게 됐는지 이해가 갔으니 말이다.

"정진운, 제 발로 찾아왔단 말이지. 크크크큭……."

적어도 테칸은 정진운이 자신의 앞에 다시 나타나기 위해서는 몇 년의 시간이 더 필요하다고 생각했었다.

직접 싸워본 진운의 실력이 딱~ 그러했으니 말이다.

힘은 강하고, 능력도 괜찮았다.

하지만 사용법을 전혀 모르는 것이 테칸이 느낀 진운에 대한 느낌이었다.

쓸데없이 동작이 크고 그만큼 빈틈이 많았던 진운의 실력을 생각하면 벌써 자신의 앞에 나타나 지금처럼 뒤통수를 쳤다는 것을 쉽게 믿을 수가 없었다.

그러나 모든 가능성을 열어놓고 생각해 보면 베이스퍼와 정진운 둘밖에 없었다.

"크크크큭……. 아주 재미있겠는데……."

혼자 생각하더니 갑자기 웃기 시작한 테칸의 모습에 대령은 혹시 자신의 자료가 마음에 들지 않아서 또 저러는 건지 긴장하면서 온몸에 식은땀을 흘렸지만,

"대령."

"넷!! 테칸님."

"로이칸에게 연락해서 베이스퍼를 찾으라고 하고, 찾으면 나에게 연락하라고 하게."

"알겠습니다!!"

다행히 일반적인 명령이었기에 대령은 곧바로 밖으로 도망치듯 나가 버렸다.

하지만 대령이 나가자 테칸의 눈빛이 날카롭게 변하면서,

"이번에는 나를 즐겁게 해줬으면 하는데 말야. 두 번의 기회는 없거든, 나에게. 크크크크큭."

야마시타 골드인 거대 순금 불상이 사라진 것은 이제 안중에도 없다는 듯 테칸의 머릿속에는 오직 진운만 가득했다.

Chapter
08
동료

"이제 어쩔 생각인가, 자네는?"

임시 거처로 옮긴 지 2일째가 되자 베이스퍼는 진운이 앞으로 어떻게 할지 궁금해서 물어본 것이다.

"……"

진운도 베이스퍼의 말에 언제까지 이곳에 숨어 있을 수는 없다는 것을 알고 있었지만 마땅히 피할 곳이 없는 것도 마찬가지였다.

무엇보다 이곳 필리핀에 아직 발견되지 않은 야마시타 골드가 얼마나 있는지 알지 못하는 상태에서 이곳을 떠나

서 다른 곳으로 가봐야 결국 또 야마시타 골드가 발견되었
다는 소식이 전해지면 돌아와야 했으니 말이다.

"마땅한 곳이 없나 보군."

베이스퍼는 자신도 도피생활을 하고 있기에 너무나 지금
진운의 심정을 잘 알고 있었다.

다만 진운과 다른 것은 자신은 도와주는 이가 많고 자신
이 가르쳤던 제자들도 곳곳에 숨어서 도움의 손길을 내밀
고 있기에 막막한 것은 없다는 데 있다.

하지만 진운은 알아본 바에 의하면 정말 막막한 편이라
고 해도 과언이 아니었으니 말이다.

"뭐, 지금 생각해 보니 그렇긴 하네요."

진운은 애써 웃었지만 마땅히 의지할 곳이 없는 것도 사
실이긴 했다.

"나와 함께 있지 않겠는가?"

베이스퍼는 서로 목적이 같은데 굳이 따로 떨어져서 움
직일 필요가 있겠냐~ 하는 생각에 한 말이었다.

물론 레이나의 마법과 진운의 한 방이 있는 능력이 이런
결정을 한 것에 많은 기여한 것도 사실이지만, 지금 베이스
퍼에게 진운이나 레이나 같은 능력자가 한 명이라도 아쉬
운 게 사실이긴 했다.

"그래도 될까요?"

“서로 목표가 같고 공동의 적을 가지고 있는데 뭐하러 따로 움직인단 말인가? 거기다 로이칸 녀석이 나를 찾아서 혈안이 되어 있는 상황에 같이 있으면 녀석들을 만난 확률이 더 높아지는 이득까지 있지 않는가?”

테칸은 진운을 노리고, 그런 테칸의 쌍둥이 형제인 로이칸은 베이스퍼를 못 잡아먹어서 안달이 나 있는 이런 상황에, 진운과 베이스퍼가 함께라면 앉아 있기만 해도 테칸과 로이칸이 동시에 달려들 가능성이 높았다.

진운도 잠시 자신 때문에 누군가 위험에 빠지는 게 아닌지 망설이는 듯했지만 베이스퍼는 예외라고 생각했는지,

“알겠습니다. 그럼 행동을 같이하죠.”

“잘 생각했네, 우리는 훌륭한 먹잇감이니 녀석들이 미친 듯이 달려들 테니 말야.”

베이스퍼의 어감이 조금 이상하긴 했지만 틀린 말은 아니었다.

테칸과 로이칸을 찾아서 갔던 호로섬에서는 운이 없는지 아니면 자신들이 늦은 탓인지 그들을 찾을 수 없었지만 이제는 상황이 바뀌어서 기다리면 적이 먼저 알아서 찾아올 테니 말이다.

“그럼 이제 옮겨볼까?”

베이스퍼가 진운과 레이나가 함께하기로 하자 더 이상

이곳에서 기다리는 것은 좋지 않다고 판단을 내린 듯 거처를 바꾸기로 했다.

"어디로 갑니까?"

진운이 묻자 베이스펴는 작은 필리핀 지도를 꺼내더니 보여주면서 마닐라보다 살짝 아래쪽을 손가락으로 찍었다.

"이곳 바탕가스로 갈 것이네."

"……??"

진운이 고개를 갸웃거렸다.

그럴 수밖에 없는 것이 일반적으로 필리핀 여행이라면 해변과 함께 마닐라를 떠올리는 것이 대부분이다.

그렇다 보니 자세하게 필리핀 어디를 가야 좋고 이런 것은 여행사를 통하는 것이 보통인 한국의 상황을 생각하면 당연히 바탕가스는 낯선 이름인 것이다.

"괜찮은 곳이네, 그곳에 내 제자가 머물고 있기도 하지만 실질적으로 필리핀 쪽에서 내가 활동하는 중심이기도 하지."

진운과 레이나가 아주 마음에 들었는지 베이스펴는 자신이 필리핀에서 활동하면서 가장 핵심인 곳으로 데리고 가려고 했다.

뭐 베이스펴야 마음에 들었을지 모르지만 진운은 그런

베이스퍼를 가만히 바라보면서,

"저를 아니… 저희를 완전히 믿고 계십니까?"

사실 진운이 할 말은 아니었지만 만난 지 겨우 며칠 되지도 않은 베이스퍼가 필리핀에서 자신의 제자가 머물고 있는 곳까지 데리고 간다는 것은 생각 이상으로 그가 자신들을 신뢰하고 있다는 느낌을 받을 수밖에 없었다.

게다가 진운으로선 베이스퍼를 완전히 신용하지 못하고 있는 것도 사실이었으니 자연스럽게 그런 말이 튀어나와 버린 것이다.

본래 진운이 곧이곧대로의 성격이 좀 있다 보니 숨길 바에 차라리 다 말하자는 주의라서 이렇게 엉뚱한 말을 곧잘 하긴 했다.

레이나와 바벨의 탑에서 같이 지내면서 둘만 이야기를 나누다 보니 자연스럽게 그녀의 논리적이면서도 직설적인 성격에 많은 영향을 받은 것도 사실이었다.

"허허허허……. 솔직하군, 자네는."

베이스퍼도 설마 면전에 대놓고 자신을 얼마나 믿느냐고 물어볼 줄은 몰랐는지 잠시 당황스러운 눈으로 진운을 보다가 가볍게 웃으면서,

"그런 자네는 날 믿나?"

오히려 질문한 진운에게 되물어보는 베이스퍼의 모습에

진운은 잠시 말이 없다가,

"옆에 있어도 되는 동료라고 생각합니다."

라고 했다.

이 말에 베이스퍼는 잠시 고개를 갸웃거렸다.

그럴 수밖에 없는 것이, 동료라는 것을 들어보면 분명히 믿는다는 뜻으로 보이는데 옆에 있어도 되는 이라는 조건이 붙어버리니 묘하게 좋다는 건지 싫다는 건지 애매한 뜻이 되어버린 것이다.

하지만 그런 진운의 대답에도 베이스퍼는 나름대로 해석이 끝났는지 그를 보면서,

"그럼 아직 등을 맡길 만큼은 아니라는 뜻이군, 난 아직 자네에게는."

진운의 말뜻을 정확하게 파악한 듯 대답하자 고개를 끄덕였다.

현재 진운에게 등을 맡길 수 있는 동료는 레이나가 유일했다.

그리고 서로 목숨을 내걸 수 있는 것도 레이나가 유일했으니 베이스퍼에게 옆에 있어도 된다는 것은 진운 딴에는 믿음이 강하다는 뜻인 것이다.

하지만 그 말하는 방법이 조금 애매하다 보니 듣기에 따라 상대가 기분 나쁠 수도 있는 뜻이 되어버렸다.

다행히 베이스퍼는 진운이 하는 말이 정확하게 뭔지 알아차린 듯했지만 말이다.

역시 연륜이라는 것은 무시할 수 없는 듯했다.

현재 보기에는 젊어져 버려서 사십대 초반으로 보일지 모르지만 실제 베이스퍼의 나이는 이미 백 살이 넘은 상태였다.

그동안 살아오면서 사람을 대하면서 쌓은 경험이 어느 정도인지는 굳이 말할 필요가 없었다.

오해하기 쉬운 진운의 말도 정확하게 핵심을 짚어서 이해했을 정도니 말이다.

"뭐, 그럼… 나도 자네의 질문에 대답하자면, 최소한 자네가 내 뒤에 있다면 안심하고 내 앞에만 집중할 수 있을 정도라면… 대답이 되겠나?"

"……."

베이스퍼의 대답에 진운은 가만히 그의 눈을 바라보다가,

씨익~

입가에 미소를 가볍게 띠우더니 오른손을 내밀었다.

그리고 진운이 내민 손을 본 베이스퍼도 입가에 미소를 띠우더니,

덥썩~

진운의 손을 마주잡으면서 악수를 했다.

이로써 베이스퍼와 진운은 말로만 동료가 아니라 최소한 서로의 마음으로 동료라는 것을 확인한 셈이었다.

다만 옆에서 그런 진운과 베이스퍼의 모습을 가만히 지켜보던 레이나는 고개를 저으면서,

―남자들은 꼭… 저렇게 표가 나게 서로의 뜻을 확인해야 되는 건가.

이미 상황상 베이스퍼는 동료인 것이 확인된 상황인데도 굳이 서로 마주보며 이상한 말로 서로 속마음을 확인하는 모습이 레이나가 보기에 쓸데없는 행동으로 보였으니 말이다.

"출발하지."

"네."

하지만 확실히 뭔가 남자들만의 특이한 행동으로 볼 수도 있는 방금 둘의 행동이 끝난 다음에는 눈에 띄게 진운의 표정이 부드러워진 것만은 사실이었다.

오로지 백호연의 소개로 만난 사람이었으니 완전히 신뢰하기는 무리였고, 당연히 베이스퍼와 함께 움직이고 있지만 알게 모르게 진운은 경계하고 있었으니 말이다.

그리고 진운뿐만이 아니라 베이스퍼도 그런 진운을 약간 경계하고 있었다.

오직 레이나만 엘프 특유의 진실을 보는 눈이 있기에 적이 아니라고 확신하고 있을 뿐이었다.

부릉~

밖으로 나온 베이스퍼는 최대한 건물의 그늘로 이동해 위성에 자신이 드러나지 않도록 움직이면서 미리 준비해 둔 지프차를 향해 움직였다.

그리고 안에 올라타자마자 바로 시동을 걸더니 손목에 차고 있던 시계를 보며 스위치를 누르자,

띠링~

짧은 신호음과 함께 시계 안에 있는 작은 구멍에서 홀로 그램 빛이 뿜어져 나오더니 숫자가 나타난 것이다.

"뭡니까?"

진운이 뜬금없이 숫자를 보여주는 베이스퍼의 행동에 물어보자,

"자네가 같이 있다 보낸 일행이 있는 곳일세."

"네?"

그리고 보니 리엘은 베이스퍼의 말만 듣고 순간이동 스크롤을 이용해서 안전하다고 생각되는 곳에 보내 버린 상태였다.

사실 그 당시 베이스퍼의 말이 너무나 맞는 말이었고, 틀린 것이 없었기에 진운이 리엘을 보내긴 했지만, 어디로 보

냈는지 전혀 모르고 있었던 것이다.

지금이야 어쩔 수 없이 떨어져 있지만 리엘도 진운에게 가족이나 마찬가지였으니 모든 것이 정리가 되면 그녀를 찾으러 가긴 해야 했다.

"자네가 나에게 물어볼 줄 알았는데 전혀 물어보지 않더군. 뭐, 습격을 받아서 그럴 정신이 없긴 했지만 그래도 자네 일행이 있는 곳인데 알아야 할 것 같아서 보여주는 것이네."

"감사합니다."

바로 코앞에 벌어진 일에 너무 집중하다 보니 리엘에 대해서 까맣게 잊고 있던 진운은 베이스퍼에게 미안하기보다 사실은 리엘에게 미안했다.

자기만 믿고 죽어도 옆에서 죽겠다는 고집을 부리는 리엘이었는데 정작 진운은 그런 리엘을 보내고 까맣게 잊고 있었으니 말이다.

"그리고 아마 빠른 시일 내에 그녀… 이름이……?"

베이스퍼는 리엘의 이름을 모르기에 진운에게 물어보자,

"리엘입니다."

"그래, 리엘에게 대동그룹에서 지금 자네가 차고 있는 시계와 같은 것을 보내 도착할 테니 조금만 참으면 대화 정도는 시간 날 때마다 할 수 있을 것이네."

진운은 대동그룹에서 리엘에게까지 신경 쓴다는 것에 놀
란 표정이 되었다.

"대동그룹에서… 리엘에게요?"

"자네 동료이지 않나?"

"그렇긴 합니다만…….."

"대동그룹에서 자네의 뒤를 완전히 밀어주고 있는 상황
이니 당연히 리엘 양에게도 지원을 해야지 안 그런가? 내
손녀도 대동그룹의 도움을 받고 있으니 당연한 것이네."

"…나중에 고맙다고 인사를 해야겠군요."

진운은 도대체 대동그룹의 힘과 영향력이 얼마나 넓은지
도무지 이해가 되지 않았다.

미국의 국가를 상대로 도망치고 있는 베이스퍼도 돕고
있는 상황에 자신은 물론 눈치를 보니 중국의 공인 마스터
인 백호연도 대동그룹과 막역한 사이로 보였었다.

그뿐인가.

러시아의 국가공인 마스터인 알렉산드로 역시 대동그룹
과 친분이 두터워 보였었다.

그냥 단순하게 지금 진운이 알고 있는 것만 논리적으로
생각해 보면 대동그룹은 겉모습은 그냥 기업으로 보일지
모르지만 실제 알맹이는 마치 무슨 특수요원을 지원하는
기관단체로 보일 수밖에 없었다.

지금 진운이 차고 있는 시계부터 도무지 상식을 벗어난 물건을 만들어서 그냥 공짜로 나눠주기까지 하니 말이다.

그리고 김현중의 부탁부터 세계인류말살 계획이라는 일루미나티의 계획까지 저지하기 위해서 움직이는 것을 가만히 생각해 보면, 마치 진운은 007 영화에 나오는 제임스 본드와 비슷했고, 레이나는 영화에서 빠질 수 없는 본드걸과 비슷한 역할을 했다.

마지막으로 영화상 꼭 도움이 되는 동료가 한 명씩 있는데 베이스퍼가 그런 역할로 보였고 말이다.

"후후훗……."

혼자 엉뚱한 상상을 하던 진운이 나직하게 웃자,

"그렇게 좋아할 줄 알았으면 미리 알려줄 것을 그랬군그래."

베이스퍼는 진운이 지금 웃는 것이 자신이 좌표를 알려줘서 너무 좋아서 그런 줄 알고 있었다.

"아닙니다. 이제 가죠."

끼리릭!

베이스퍼가 기어를 넣고 힘차게 액셀을 밟자 지프가 출발했다.

사람이 거의 없는 뒷골목에 세워둔 상태였고 곧바로 밖으로 빠져나갈 수 있는 위치에 있었기에 베이스퍼가 운전하는 지프가 임시 거처를 벗어나는 것은 의외로 빨랐다.

그리고 이어지는 것은 마닐라 아래에 있는 바탕가스를 향한 지루함의 연속일 뿐이었다.

사실 장거리 운전을 해본 사람은 알겠지만 운전하는 사람은 신경을 쓰겠지만 다른 사람은 그저 지루한 풍경을 계속해서 봐야 할 뿐이었다.

현재 일행을 노리는 녀석들이 워낙에 거대한 집단이다 보니 지루하다고 라디오를 켜는 것도 쉽게 하지 못했기에 그 지루함은 최고조를 달릴 수밖에 없었다.

거기다 옆자리도 아니고 레이나와 진운은 뒷자리에 앉았으니 오죽하겠는가?

울퉁불퉁한 비포장도로가 아니라 잘 닦여진 포장도로라면 벌써 잠들었을지도 몰랐다.

Chapter
09
리조트

"도착했군."

제법 오랜 시간을 운전했지만 역시 초인은 초인이라 그런지 끄떡없는 모습의 베이스퍼였다.

그리고 그가 지프를 멈춘 곳은 바탕가스에서도 조금 외각에 있는 어느 커다란 저택의 문 앞이었다.

그런데 지프에서 내린 진운은 고개를 들어 자신들의 도착지를 보고는,

"화려하군요."

화려하다는 것은 오히려 지금 진운이 보는 것을 모두 표

현하지 못할 만큼 커다란 저택이었다.

뭔가 크고 웅장한 느낌보다 조금은 낮고 아기자기한 듯했지만 그 규모가 웬만한 관광지 호텔을 연상시킬 만큼 큰 규모를 자랑하고 있었으니 말이다.

"당연하지, 리조트니까."

"네에?"

베이스퍼의 말에 진운이 오히려 황당한 듯 놀란 표정으로,

"리조트라구요? 설마… 여기가 말했던… 가장 핵심적인 곳인가요?"

"그렇네."

세상에…….

진운은 도망자 신분인 베이스퍼가 설마 리조트를 가장 안전한 곳으로 선택했을 줄은 정말 꿈에도 몰랐다.

아니, 상상조차 해본 적이 없었다.

오히려 진운은 사람이 거의 다니지 않는 곳에 동굴이나 안전가옥이라도 있는 것으로 생각했었는데 그런 예상을 가볍게 뒤집어 버린 것이다.

리조트는 말 그대로 장기간 체류하면서 스포츠 또는 놀이를 즐기고 휴양하기 알맞도록 모든 시설이 갖추어진 곳을 말하는 것이다.

숙박, 스포츠 활동, 레저, 쇼핑을 한 번에 즐길 수 있게 만들어져 있으며, 유명하거나 규모가 큰 곳 중 리조트가 들어선 지역은 지역 전체가 휴양지로 조성되어 있는 곳이 있을 정도였다.

진운이 사는 한국이나 일본 등은 일터가 자신의 모든 것이라는 개념이기에 그런 리조트가 크게 사람들에게 어필되지 않지만 외국 같은 경우는 휴가를 15박 16일 등 몰아서 사용하는 경우가 많다 보니 아예 리조트같이 마음에 드는 곳 한군데에 머물면서 휴가 내내 놀기도 하고 쉬기도 하고 자신이 하고 싶었던 것을 즐기는 것이 당연하게 생각되는 편이었다.

그리고 그런 사람들이 많을수록 리조트는 크기가 커지고 종류도 다양해지는 것이다.

일반적으로 리조트는 정말 멋진 곳이었다.

특히 일상에 힘든 몸을 쉬고 머리를 쉬게 하는 곳으로 리조트만 한 곳이 없었으니 말이다.

하지만 진운이 리조트를 보고 그렇게 놀란 것은 바로 이곳은 사람이 많아도 너무 많다는 것이 문제였다.

일반적으로 베이스퍼처럼 쫓기는 입장에 있는 사람들이 결코 선택해서는 안 되는 피난처인 것이다.

"여기서 지내자구요?"

“후후훗, 자네가 무슨 걱정을 하는지 나도 잘 아네만, 그건 하나만 알고 둘은 모르는 것이네.”

너무나 느긋하게 말하는 베이스퍼의 모습에 진운이 고개를 갸웃거리자,

“나무를 숨기려면 숲에 숨기고, 몸을 숨기려면 사람들 속에 숨으라는 말이 있네.”

“그거는 저도 알고 있습니다만… 저희야 그렇다치고 이곳에 놀러온 다른 사람들이 위험하지 않을까요?”

사실 진운이 걱정하는 것은 자신들이 아니었다.

막말로 지금 당장 테칸이나 로이칸의 공격을 받아도 충분히 몸을 피하거나 상대할 수 있다고 생각되니 말이다.

문제는 만약에 이 리조트 안에서 싸움이 시작된다면 그 피해가 결코 적지 않을 것이기에 걱정하는 것이다.

재수없으면 정말 한순간에 수십 명에서 수백 명이 죽어나갈 수도 있었다.

아니면 최악의 경우 이 리조트가 지도 상에서 사라질 수도 있었다.

좀비를 섬에 풀어서 테스트 목적으로 사용하는 녀석들이 일루미나티였다.

그리고 어차피 그들의 최종 목적이 자신들 외에 모든 인류를 말살하는 것이니 인명 피해 같은 것은 염두에 두지 않

고 있을 가망성이 높았다.

"걱정하지 말게나, 이곳을 직접 운영하고 있는 곳이 조금 특별한 곳이라서 일루미나티 녀석들도 안면몰수하고 덤벼들기 쉽지 않은 곳이니 말야."

"……??"

도무지 무슨 생각으로 리조트를 피신처로 택한 건지 모르겠지만 베이스퍼가 이처럼 자신하는 모습을 보고는 진운도 우선은 베이스퍼의 말을 따르기로 했다.

짧은 시간이었지만 베이스퍼와 함께 있으면서 그가 짧은 생각으로 행동하는 사람이 아니라는 것을 느꼈기에 자신이 알지 못하는 무언가가 있겠거니~ 하면서 스스로 수긍해버린 것이다.

"오셨습니까."

베이스퍼와 진운의 이야기가 끝나자마자 정확한 타이밍에 리조트 안에서 삼십대 초반으로 보이는 남자가 베이스퍼를 향해 90도로 인사하면서 마중을 나왔다.

"인사들 하게. 이쪽은 내 제자인 알버트, 그리고 이쪽은 백호연의 소개로 함께하게 된 정진운이네. 그리고 이쪽의 아리따운 아가씨는 진운 군의 애인인 레이나 양이고."

베이스퍼가 중간에서 그를 마중 나온 제자 알버트와 진운을 소개시켜 주는데 오지랖인지 모르지만 레이나를 진운의 애인으로 소개해 버렸다.

그리고 레이나는 그저 웃으면서 그런 베이스퍼의 말에 아무런 말도 하지 않아 버리는 바람에 진운이 아니라고 대답할 수 없는 분위기가 되어버린 것이다.

―왜? 싫어?

오히려 복잡한 표정을 지은 진운을 보면서 싫으냐고 당당하게 물어보는 레이나의 모습에 진운은 그저 웃을 뿐이었다.

그런데 그 스승에 그 제자라고 했던가?

오지랖도 가르치는 건지 진운과 레이나를 보던 알버트는,

"그럼 두 분이 편히 쉬실 수 있게 방을 하나로 드리겠습니다."

"아니… 그……."

진운이 그 말에 반사적으로 아니라고 말하려는데 진운보다 먼저 레이나가 슬쩍 앞으로 나오더니,

―고마워요.

정말 환하게 웃으면서 알버트에게 대답을 먼저 해버린 것이다.

한발 늦은 진운을 돌아보면서,

―싫으면 바꿔 달랠까?

"…아니야……."

어차피 바벨의 탑에서 서로 볼 거 못 볼 거 다 본 사이인데 이제 와서 새삼스럽게 한방에 지낸다고 해서 딱히 불편한 건 없다는 생각에 진운이 고개를 끄덕이자,

"모시겠습니다."

알버트가 앞장서면서 베이스퍼를 안내했다.

물론 진운은 레이나에게 눈총을 주면서,

"레이나… 왜 이리 적극적으로 변한 거야……."

엘프는 조용히 알게 모르게 곁에 지낸다고 아이린에게 들었는데 지금 레이나의 행동은 완전 반대인 것이다.

오히려 자신이 반한 남자를 적극적으로 차지하겠다는 표현을 하고 있는 중이었다.

당연히 그런 레이나의 모습이 진운에게는 어색할 수밖에 없기에 레이나의 옆구리를 살짝 찌르면서 물어보자,

―누가 그러더라, 용기있는 여자가 남자를 차지한다고 말야.

"…그 말은 어디서 들은 거야……."

―TV에서.

"……."

정말 진운은 TV 영상 매체가 사람 여럿 버려놓는다는 생각을 다시 떠올릴 수밖에 없는 상황이었다.

　자신이 알던 레이나가 조금씩 변해가는 것도 모자란지 이제는 당당한 커리어우먼과 같은 성격까지 보여주고 있으니 말이다.

　본래 레이나가 좀 까다롭고 깐깐하면서 논리적이긴 했지만 결코 먼저 나서는 법이 없었는데, 오늘 신선한 경험을 하는 날이었다.

　그리고 리조트 안으로 들어서서 알버트가 내민 카드를 받았는데,

　"이건 우선 카드를 처음 살짝 가져다대고 나서 엄지손가락으로 바로 아래 지문 인식 하는 쪽에 몇 초간 지그시 대었다가 떼시면 절차가 모두 끝납니다."

　요즘 리조트는 최신식인 듯 방금 알버트에게 받은 카드 키는 방의 잠금 장치를 초기화시키는 용도였다.

　그렇게 초기화한 잠금 장치에 새로 들어갈 사람의 지문을 인식시켜 열쇠 없이 언제든지 엄지손가락의 지문만 대면 문이 열리는 식으로 되어 있었다.

　레이나는 지문 인식을 통해 문을 열고 잠그는 방식이 처음인지 조금 신기해했고, 진운도 살면서 정말 지문 인식 장치를 사용해 본 것이 처음이었다.

　그런데 문제는 그렇게 방의 잠금장치를 초기화하고 진운과 레이나의 지문을 인식시킨 다음 방에 들어오고 나서부

터였다.

"하… 트……?"

제법 넓은 방 중앙에 떡~ 하니 자리 잡은 하트 모양의 커다란 침대가 진운의 눈에 들어왔고 그 옆에 투명한 유리벽으로 되어 있는 샤워실이 보였다.

한마디로 이 방에 있는 칸막이는 모두 투명한 유리로 되어 있는 것이다.

—예쁘다.

레이나는 지금 이 방이 왜 이런 식으로 꾸며져 있는지 알지 못하는 듯 그저 투명한 유리로 예쁘게 인테리어되어 있는 것이 마냥 마음에 드는 눈치였다.

그런 반면, 진운은 한숨만 나왔다.

하지만 어쩌겠는가.

이제 와서 알버트에게 연인이 아니니 방을 바꿔달라고 할 수도 없으니 말이다.

진운과 레이나를 소개한 베이스퍼가 알버트의 스승이었다.

진운이 이제 와서 연인이 아니라고 하면 당연히 베이스퍼의 얼굴이 뭐가 되겠는가.

동료의 얼굴에 먹칠을 하기는 싫으니 어쩔 수 없이 참을 수밖에 없었다.

그런데 마음속으로 그냥 받아들이자고 생각하던 진운이 커다란 하트 모양의 침대에 엉덩이를 깔고 앉았다가 무심결에 고개를 돌렸다가,

멈칫!

모든 동작이 멈춰 버렸다.

"설마… 화장실도… 투명유리라니……."

새하얀 변기가 투명한 유리 너머로 보이는 모습에 잠시나마 사고가 정지해 버린 것이다.

아무리 레이나와 서로 이미 서로 알 거 다 아는 사이(연인이 아닌 동료로서)라고 하지만 화장실까지 오픈 마인드로 생활해야 된다는 것은 아니라고 생각되었다.

"아무리 해도 저건 아니지. 그럼……."

즉시 일어선 진운은 주변을 둘러보다 벽에 장식으로 되어 있던 커튼 하나를 뜯어내더니 그걸로 화장실 투명 유리벽을 뒤덮어 버렸다.

"그래, 아무리 그래도 최소한의 자존심이 있지. 화장실에서 볼일 보는 모습을 오픈하는 건 아니지. 그래……."

혼자 최소한 화장실은 보호했다는 생각에 나름 만족하면서 고개를 끄덕이는 순간 레이나가 슬그머니 진운의 옆에 오더니,

—진운, 화장실은 왜 가려?

오히려 진운이 화장실을 가리는 모습이 이해가 가지 않는다는 듯 물어보았다.

"아무리 그래도 여자가 볼일 보는 모습을 남자에게 보여준다는 건 아니잖아. 안 그래?"

슬쩍 자신이 아닌 레이나를 위해서 그랬다는 듯 말을 하자,

씨익~

입가에 미소를 띄운 레이나가 진운의 손을 꼬옥~ 잡으면서,

ㅡ그런데 왜 샤워실은 안 가려?

멈칫!

"……."

정곡을 찌르는 말에 순간 진운의 몸이 또다시 정지해 버렸다.

"그, 그러게……. 하하하하……."

애써 웃으면서 얼버무리긴 했지만 레이나는 마치 다 안다는 듯한 눈빛으로 진운의 볼을 살짝 꼬집더니,

ㅡ진운… 야해~

라고 하더니 별다른 말 없이 자신의 아공간에서 옷을 꺼내기 시작했다.

레이나는 굳이 샤워실은 가리지 않아도 상관없다는 듯

말이다.

"…왜 난 샤워실에 투명한 유리는 가릴 생각을 하지 않았지?"

레이나의 말보다 그 말을 듣고 자신이 왜 그런 생각을 하지 않았는지 되짚어봤다.

역시나 화장실은 어떻게든 가리고 싶은 생각이지만 이상하게 샤워실만큼은 그러고 싶지 않았다.

그런데 몇 시간 뒤에,

"뭐야!!! 이거 전등을 켜면… 불투명하게 변하잖아."

샤워실에서 세수를 하려 전등을 켰던 진운은 샤워실 스위치를 켜자마자 깨끗하게 투명했던 유리막이 갑자기 하얗게 변하면서 불투명해지는 것을 보고는 망연자실했다.

그런데 그런 진운의 뒤에 레이나가 슬쩍 다가오더니,

―왜 그리 실망해? 아쉬우면 내가 유리벽 뜯어내 줄까?

"……."

정말 오늘 들어 여러 가지로 진운을 도발하는 레이나였다.

그리고 진운은 갑자기 무슨 생각인지 도발하는 레이나를 뒤로하고 무작정 화장실로 가서 가리기용으로 걸쳐두었던 커튼을 걷어내고 스위치를 켰다.

"역시… 화장실도 같았군……."

역시나 진운의 예상대로 화장실도 샤워실과 상황은 마찬가지로 유리가 변하는 것을 볼 수 있었다.

마치 투명한 유리에 하얀색 벽지를 바른 것처럼 말이다.

혼자 괜히 쓸데없이 고민했다는 생각에 진운은 뜯어버린 커튼을 다시 제자리에 돌려놓을 수밖에 없었다.

참 이상하게 리조트에 들어선 뒤 얼마 되지 않는 짧은 시간 동안 갑자기 피곤하다고 느끼기 시작한 진운이었다.

Chapter
10
휴식

“왜 그리 뚱한 표정인가?”

베이스퍼가 저녁을 먹기 위해 식당에서 만난 진운의 얼굴을 보고 한 첫말이었다.

“아니에요. 그냥… 적응이 안 되서 그렇겠죠.”

차원 너머 대륙에 가서도 멀쩡하던 진운이 겨우 리조트에 왔다고 적응을 못한다는 말은 어찌 들으면 조금 이상했다.

하지만 베이스퍼는 그런 진운의 말보다 그의 뒤에 서 있는 레이나를 보고는 그저 웃고 말았다.

　이상하게 피곤한 듯한 진운의 표정과 달리 레이나의 표정은 오히려 생기가 돌고 있었으니 말이다.

"우선은 쉬도록 하게."

베이스퍼가 식사를 하면서 진운에게 그렇게 말하자,

"정말 그냥 쉬어도 될까요?"

누군가에게 쫓기기 시작하면서부터 사실 지구에서는 마음 놓고 쉰 적이 한 번도 없는 진운이었기에 걱정스럽게 말했다.

베이스퍼는 웃으면서,

"자네가 너무 걱정하는 듯하니 뭐 살짝 알려주도록 하지."

그러고는 살짝 주변을 살펴보는 듯하더니,

"이곳은 영국 정부가 뒤에서 움직이고 있는 리조트네."

"네?"

전혀 예상치 못한 말에 진운이 놀란 표정을 짓자,

"후후훗……. 사실 이곳 필리핀에는 영국뿐만이 아니라 러시아, 중국, 일본 등 각각의 정부가 뒤에서 움직이는 리조트가 있네."

"……."

베이스퍼의 말에 잠시 뭔가 생각하던 진운은 곧 왜 그런지 이유를 알았는지 그를 보면서,

"야마시타 골드 때문이군요."

베이스퍼는 조용히 고개를 끄덕였다.

확실히 레이나의 아공간에 들어간 엄청난 크기의 거대 순금 불상을 보면 국가 차원에서 움직이는 것도 이해가 되긴 했다.

그리고 더욱 놀라운 것은 레이나의 아공간에 있는 것은 겨우 야마시타 골드의 숨겨진 금의 일부분에 불과하다는 것이니 말이다.

일부 사람이 말하길 야마시타 골드가 모두 세상에 드러나면 전 세계 금값이 반토막 날 것이라고 하지만, 진운이 직접 눈으로 확인한 야마시타 골드는 그 이상이었다.

아니, 금값을 좌우하기보다 더욱 무서운 위력을 가지고 있었던 것이다.

그것은 바로 유물적 가치였다.

야마시타는 2차대전 중에 자신들이 점령한 국가에서 금이란 금은 모조리 긁어모았을 것이다.

당연히 그렇게 모은 금이 금괴 모양일까? 진운은 그렇게 생각하지 않았다.

자신들이 가지고 있는 불상 모양부터 시작해서 여러 가지 모양이 있을 것이다.

그리고 그중에 많은 양의 금이 아마 금으로서의 가치보

다 유물이나 예술적 가치가 몇 배는 더 높을 것이 분명해 보였다.

그런 진운의 생각을 가장 확실하게 뒷받침해 주는 것 중에 하나가 바로 레이나의 아공간에 들어가 있는 거대 순금 불상인 것이다.

언제, 어디서, 어떻게 만들어진 것인지는 알 수 없지만, 불상에게서 느껴지는 아우라에 잠깐이지만 진운과 베이스퍼가 압도되었으니 말이다.

그런데 그런 아우라를 테칸이 느끼지 못했을까?

아니었다.

오히려 더욱 정확하게 불상의 가치를 알고 있을 것이 분명했다.

만약 그게 아니라면 불상을 발견하는 즉시 조각내서 이미 옮기고 흔적도 없이 사라졌을 테니 말이다.

굳이 동굴 입구에 물을 채워 호수를 만들고 하는 복잡한 과정을 거칠 필요가 없었다.

하지만 그렇게 복잡하게 은폐를 하면서까지 숨긴 것은 그만큼 금의 가치보다 불상의 모양을 한 것 자체가 가지고 있는 예술적, 유물적 가치와 의미가 더 컸다는 결론이었다.

그러니 나중에 되찾기 위해서 복잡하게 숨겼을 것이다.

겨우 하나에 이 정도 값어치를 지니고 있는데 다른 것은
어떻겠는가.

아무리 몰라도 진운과 레이나가 가지고 있는 거대 순금
불상에 근접하거나 아니면 더욱 가치가 큰 것이 발견될 가
능성이 높았다.

그런데 그 야마시타 골드가 땅속에 묻혀 있는 것이다.

아무리 미국이 야마시타 골드의 권리를 가지고 있다고
하지만 그건 표면적일 뿐이었다.

정말 마음먹고 먼저 찾아내서 캐내 버리면 끝이니 각국
에서 침을 삼키는 것은 어쩌면 당연했다.

특히나 일본의 경우 자신들의 금이라는 생각을 가진 극
우파가 주류를 이루고 있는 단체가, 지금 필리핀에 리조트
외에도 다른 형식으로 자신들의 눈을 만들어 두었다고 하
니 말이다.

"치열하군요."

진운이 나직하게 말하자 베이스퍼는 고개를 끄덕이면서,

"제대로 발견만 하면 한 나라의 국가 예산과 맞먹는 양의
금덩이나 가치를 지닌 것들이 땅속에서 튀어나오는데 그걸
그냥 두고 볼 리가 없지."

"하긴……."

바보가 아닌 이상 땅속에 주인 없이 묻혀 있는 금을 그냥

가만히 지켜볼 나라는 없을 것이다.

그런데 진운은 그것보다 다른 게 또 궁금해졌다.

"그런데 베이스퍼는 미국의 국가공인 마스터이지 않아요?"

"응? 뭐 과거의 일이지만 내 국적은 미국이지. 그런데 왜 그러는가?"

"좀 이상해서요. 미국의 국가공인 마스터가 왜 영국 정부가 뒤에 있는 리조트에 몸을 숨기는 건가 해서요. 뭐, 지금이야 쫓기는 입장이라 이해가 가지만 그래도 엄연히 영국은 다른 나라잖아요. 거기다 제자라는 분도 미국 쪽이 아닌 것 같던데요."

"아… 그것 말인가."

진운의 입장에서는 충분히 이상하게 보일 수 있다는 것을 알고 있던 베이스퍼는 그저 웃으면서,

"과거 영국의 국가공인 마스터가 내 제자였거든."

"…네… 에?"

"뭐가 이상한가?"

미국의 국가공인 마스터의 제자가 영국의 국가공인 마스터라는 말은… 냉정하게 따지면 다른 나라의 국력을 올려주는 행동을 했다고 해도 과언이 아니었다.

국가에 소속된 마스터가 그런 짓을 했다는 것보다 그리

행동을 해도 되는지가 더 궁금해질 뿐이었다.

"자네가 생각하기에는 좀 이상하겠지. 하지만 과거에는 딱히 국가공인 마스터끼리 왕래도 없었고, 그저 서로 안면만 아는 사이었지. 그리고 나도 어쩌다 보니 가르친 제자가 영국의 귀족이었고, 어쩌다 보니 너무 천재적인 제자가 마스터가 되어버리는 바람에 그렇게 된 것이지, 의도하진 않았네."

"…뭐, 그야 그렇겠죠."

사실 마스터를 키우고 싶다고 해서 키울 수 있다면 지금 지구에는 마스터가 넘쳐났을 것이다.

깨달음이라는 가장 강력한 장애물이 버티고 있는 마스터 경지를 원해서 할 수 없을 만큼 베이스퍼가 계획적이거나 무슨 의도를 가지고 영국의 국가공인 마스터를 키웠다고 보기는 좀 억지스러운 게 사실이니 말이다.

하지만 시작은 어떻든 결과적으로 베이스퍼가 영국과 아주 긴밀한 사이가 된 것은 사실이었다.

지금 미국에 쫓기는 입장이지만 영국 정부가 조용히 뒤로 이렇게 도와주는 것을 보면 아직까지 영국에 베이스퍼의 영향력이 결코 적은 편이 아닌 것으로 보였다.

"그럼 영국의 공인 마스터도 일루미나티의 뒤를 쫓고 있는 건가요?"

보통 스승이 무언가 하면 제자들도 따라서 움직이는 것이 일반적이니 슬쩍 진운이 물어보자 베이스퍼는 웃으면서,

"쫓긴 무슨. 그녀석은 시집갔어."

"…네? 공인 마스터가 시집을 갔다. …응? 여자였어요?"

진운은 당연히 제자가 남자였을 거라는 생각에 물어본 것인데 전혀 뜻밖의 대답이 들려와서 화들짝 놀랐다.

"왜, 여자는 마스터가 되면 안 된다는 법 있는가?"

"아니, 그게 아니라… 여자는 마스터의 경지에 오르기 쉽지 않을 것 같아서요."

사실 진운의 말이 틀린 것은 아니었다.

남자와 여자는 생물학적으로 봤을 때 같은 종족의 인간이지만 근육량부터 골격이 완전히 달랐다.

거기다 애초에 여자는 쉽게 근육이 잘 붙지도 않지만 한번 붙은 근육을 유지하기도 힘든 것이다.

그래서 같은 훈련을 해도 남자와 여자는 확연하게 차이가 나는 경우가 대부분이었다.

간단하게 4년마다 열리는 세계인의 축제인 올림픽 경기만 봐도 남자 선수의 기록과 여자 선수의 기록은 달랐다.

몇 초 차이일지 모르지만 남자 선수의 기록이 더 빠른 것이 사실이다.

그 몇 초의 차이가 남자와 여자의 생물학적 구조 때문에 결코 뛰어넘을 수 없는 벽으로 남아 있는 것이다.

일반적인 스포츠 경기에서 그 정도인데 무인의 길을 걷는다면?

그 차이는 하늘과 땅 차이일 것이다.

"뭐, 그건 자네 말이 맞지. 하지만 그녀석이 워낙 천재였어야지……."

베이스퍼의 입에서 천재라는 말이 나올 정도면 도대체 어느 정도로 뛰어난 건지 상상조차 되지 않았다.

그러다 문득 진운은 레이나와 비교하면 얼마나 차이가 날까 생각해 봤지만 아무리 생각해도 레이나가 압도적이었다.

이미 엘프로 살아온 세월부터 수백 년이었고 바벨의 탑에 진운이 들어가기 전부터 홀로 바벨의 탑에 있던 마족을 상대로 싸워온 레이나가 아무리 천재라고 해도 마스터보다 약할 리는 없으니 말이다.

진운의 이런 생각은 팔이 안으로 굽는다고 조금 편파적이기도 했지만 객관적으로 검술이면 검술, 마법이면 마법 흠잡을 곳이 없는 것은 사실이었다.

"그보다 이제 우린 뭘 합니까?"

진운은 막상 녀석들이 고생하면서 찾아오길 기다린다는

생각이긴 했지만 이렇게 여유있게 있어본 적이 없었던 탓에 당장 뭘 해야 할지 전혀 감을 잡지 못하고 있었다.

"뭘 하긴? 그냥 쉬라니까. 끝없이 경계하면서 긴장하면 결국 먼저 지치는 것은 우리들이네. 가끔이라도 이렇게 긴장을 풀어줘야 몸과 정신상에도 좋다네."

"……"

베이스퍼는 별거 아닌 것처럼 말하지만 그게 말처럼 쉬울 리가 없었다.

쫓기는 입장에서 쉬라고 해도 마음대로 쉴 수 있을 리가 없으니 말이다.

"걱정할 필요 없네. 최소한 이 리조트 안에서만큼은 일루미나티도 마음대로 하지 못하니까 말야. 일루미나티를 가장 싫어하는 게 바로 영국 정부라서 전면전을 할 생각이 아닌 이상 이곳은 아마 가장 안전한 곳 중에 하나일 것이네."

아직도 귀족 계급의 개념이 남아 있는 영국 정부와 인간의 계몽사상을 시작으로 만들어진 일루미나티다.

처음에는 괜찮았을지 모르지만 일루미나티가 기존 기득권 세력이 단단해서 활동에 제약이 많은 영국보다 이민자들로 새롭게 국가가 만들어지는 미국을 자신들의 주 거처로 삼으면서 떠나 버렸기에 영국 입장에서 일루미나티는 배신자였다.

그리고 어디를 가나 배신자로 찍히는 순간 용서할 수 없는 적이었다.

그러다 보니 영국 정부와 일루미나티의 사이가 나쁜 것은 당연했다.

어떻게 보면 영국은 미국의 공인 마스터인 베이스퍼를 이용해서 미국과 일루미나티를 견제하는 것이고, 베이스퍼는 그런 자신의 입장을 이용해서 영국으로부터 자신의 몸을 보호할 수 있는 울타리를 만든 셈이었다.

이른바 악어와 악어새 같은 사이가 지금 영국과 베이스퍼의 관계인 것이다.

"우리를 찾아내면 아마 녀석들이 먼저 접근할 거야. 그러니 그때까지 그동안 긴장했던 몸과 머리를 쉬게 하는 것도 중요하다네. 너무 긴장만 해서는 결국 그것 때문에 생각이 굳어서 실수를 하게 되지. 그리고 우리 같은 초인에게 그런 실수는 곧 자신의 목숨과 직결되는 문제가 될 수도 있네. 내 말 이해하겠는가?"

확실히 인생의 연륜이 묻어나는 말에 진운은 고개를 끄덕였다.

사실 레이나를 만나고 난 뒤부터 진운은 무언가 놓아버리고 쉰 적이 없었으니 말이다.

"아, 그리고 알버트에게 들었는데 이곳에 한국인 연예인이 지금 와 있다고 하더군."

"연예인이요?"

사실 진운이 개인적으로 아는 연예인은 김아영이 유일했기에 방금 그 말을 크게 신경 쓰지 않았었다.

하지만 그 말을 들은 지 정확하게 한 시간 뒤에 왜 좀 더 베이스퍼에게 자세하게 물어보지 않았는지 후회하는 상황이 벌어져 버렸다.

레이나가 옷을 갈아입는다면서 잠시 늦게 나와서 혼자 먼저 밖을 어슬렁거리다 베이스퍼가 말했던 한국 연예인을 만나 버린 것이다.

그것도 유일하게 아는 연예인으로 말이다.

"진운… 씨?"

"아… 영 씨?"

베이스퍼가 말했던 한국인 연예인이 바로 김아영이었던 것이다.

그런데 김아영을 만난 진운은 주변을 두리번거리면서 무언가 찾는 듯하자 그걸 본 아영이 물었다.

"뭘 그렇게 찾아요?"

"아스타로트는 어디 있어요?"

진운이 베이스퍼가 말한 연예인이 아영이라는 생각을 전혀 하지 못한 것 중에 바로 하나는 아영에게는 아스타로트가 붙어 있기 때문이었다.

그녀가 가까이 있거나 주변이 있으면 저절로 게티아가 반응해서 알 수 있을 터였다.

그런데 지금 아영의 곁에는 아스타로트의 기운이 전혀 느껴지지 않고 있었다.

"아, 그녀는 잠시 쉬고 싶다고 하더니 한국의 집에 머물고 있어요."

"…그래요?"

"그런데 여기는 어쩐 일이에요?"

중국에서 그렇게 헤어지고 난 뒤에 만난 적이 없었던 진운이었기에 아영은 슬쩍 진운의 옆으로 와서 옆자리에 섰다.

"일 때문에 잠시 필리핀에 왔다가 시간적 여유가 생겨서 쉬는 중이었어요."

"혼자서요?"

보통 리조트에 쉬러 올 때 혼자 오는 경우는 잘 없었으니 아영은 그저 습관적으로 물었을 뿐이었지만,

"레이나는 지금 잠시 옷 갈아입으러 갔어요."

"야… 레이나 씨가 돌아왔군요."

어딘가 살짝 힘이 빠진 듯한 목소리의 아영이었다.

그리고 호랑이도 제 말 하면 온다는 속담처럼 그 말이 끝

나자마자 주변의 시선을 가득 모으면서 레이나가 다가오고 있었는데

"비… 키… 니?"

가뜩이나 몸매나 신체 비율이 압도적으로 월등한 엘프인 레이나였다.

그뿐인가.

보통 엘프라면 빈유로 유명했지만 레이나는 그런 말에 반박이라도 하듯 가슴이 큰 편이었다.

굳이 표현하자면 보기 좋은 정도라고나 할까.

"레이나 씨, 언제 봐도 멋지네요."

아영도 레이나를 보고는 도저히 자신이 없다는 표정을 지어버렸다.

같은 여자가 봐서 그 정도인데 남자들은 어떻겠는가?

리조트에 있는 모든 남자의 시선이 레이나를 향한 것은 당연했고, 그녀가 움직이는 대로 시선이 따라가는 것은 어쩔 수 없었다.

—어머? 아영 씨?

레이나도 진운의 옆에 있던 아영을 발견하고는 반가운 듯 웃으면서 다가와 인사하자,

"오랜만이에요."

아영이 밝게 웃으면서 화답했다.

─여긴 어쩐 일이에요?

"화보 촬영차 왔어요, 지금 촬영 장소로 가려고요."

하긴 한국에서 잘나가는 연예인이었으니 놀러오진 않았을 것이라고 예상은 했었다.

그런데 무슨 생각인지 아영이 진운과 레이나의 손을 동시에 잡으면서,

"혹시 오늘 바빠요?"

"우리?"

─저희요?

아영의 질문에 진운과 레이나가 동시에 대답하자,

"네."

─뭐, 딱히… 바쁜 건 없어요. 그렇지, 진운?

레이나가 확인하듯 진운에게 물어보자,

"뭐, 어차피 쉬는 중이었으니까."

베이스퍼가 무조건 쉬라고 했으니 딱히 할 일이 없긴 했다.

그리고 굳이 없는 일까지 만들어서 아영과 거리를 둘 정도로 어색하진 않았기에 사실대로 대답하자,

"저 촬영하는 곳에 구경 올래요?"

아영은 자신이 지금 가려고 하는 화보 촬영하는 곳에 같이 가자고 제안한 것이다.

―진운은 어쩔래?

레이나는 마땅히 뭐라 하기 그래서 진운에게 물어보자,

"우리 같은 사람이 가도 되나?"

비록 쫓기는 몸이지만 흔적을 거의 남기지 않았기에 아직은 안전하다고 생각하는 중이었다.

하지만 그것보다 지금 진운이 망설인 것은 일반적으로 화보 촬영은 스태프부터 많은 사람이 움직이는데 자신들처럼 외부인이 함부로 놀러가도 되는지 물어보는 것이었다.

하지만 그런 말에 아영은 도리어 정색을 하면서,

"진운 씨가 어때서요? 레이나 씨도 보면 재미있을 거예요."

강력하게 말하는 바람에 거절하기가 애매해져 버렸다.

"어쩌지?"

뜬금없이 화보 촬영장에 가게 생긴 진운이 슬쩍 레이나를 보며 물어보자,

―진운만 괜찮다면 난 상관없어.

"음……."

뭔가 고민하는 듯하더니 결국 진운은 고개를 끄덕이면서,

"우선 아영 씨가 원하니 갈게요."

"야호!!!"

진운이 간다고 하자 뭐가 그리 좋은지 양팔을 번쩍 들면서 좋아하는 아영이었다.

하지만 그런 아영에게 진운은,

"하지만 저희가 방해가 된다고 생각되면 바로 돌아올 겁니다."

"네~ 걱정마세요. 그냥 구경하는 것은 이곳 현지인들도 일반적이라 괜찮아요."

진운이 조건을 걸었지만 아영은 개의치 않았다.

어차피 이곳은 화보 촬영차 많은 사람이 오기도 하지만 해변이나 오픈된 곳에서 하는 촬영이 많다 보니 주변에 구경하는 사람이 많을 수밖에 없었다.

해서 딱히 방해를 하지 않는다면 촬영 스태프도 쫓아내거나 그러진 않았으니 말이다.

띠릭~

호주머니에서 핸드폰을 꺼낸 아영이 전화를 걸었다.

"매니저 오빠."

[응? 아영이냐? 왜 안 나와? 기다리고 있는데.]

"이제 나가는 길이에요. 그보다 친구 두 명이랑 촬영하는데 같이 가려고 하는데 준비 좀 해줘요."

[응? 친구? 여기에 아는 사람 있었어?]

아영의 매니저도 뜬금없이 친구를 데리고 온다는 말에

고개를 갸웃하더니 쉽게 승낙했다.

어차피 이곳은 한국도 아니었고 주변에 아는 사람도 촬영하러 온 스태프가 대부분이었기에 크게 사람들의 눈을 신경 쓸 필요는 없었으니 말이다.

"네, 우연히 만났어요."

[알았다.]

매니저는 아영의 성격을 알기에 딱히 뭔가 당부의 말을 남기거나 하진 않았다.

연예계에서도 김아영이라면 스캔들이 없기로 유명했으니 말이다.

여자 연예인이 인지도가 높고 인기가 많으면 필연적으로 스캔들이 생기게 마련이었다.

하지만 지금까지 김아영은 그 누구와도 스캔들이 한 번도 터진 적이 없었던 것이다.

증권가의 찌라시 일보라고 불리는 곳에서도 김아영의 스캔들이 전혀 나온 적이 없으니 말이다.

그렇게 그들은 화보 촬영장으로 가기 위해 매니저가 기다리는 곳으로 나왔다.

그런데 아영과 함께 온 진운을 본 매니저는,

"아영아, 남자잖아?"

지금까지 아영이 남자와 개인적으로 통화는커녕 대화 한 번 나누는 것을 본 적이 없던 매니저는 황급히 아영을 붙잡고 한마디 했다.

"걱정 마요. 저기 진운 씨 옆에 있는 분 보이죠?"

"응? 남자 옆… 아…….."

웃기게도 진운 옆의 레이나를 보더니 매니저는 너무나 쉽게 수궁하면서 고개를 자연스럽게 끄덕였다.

처음의 비키니 차림이 아니라 아영이 자신이 가지고 있던 티셔츠와 스카프를 이용해서 대충 치마를 만들어 레이나에게 입힌 상황이다.

한데 오히려 그게 보는 사람으로 하여금 묘한 매력을 느끼게 해주고 있었기에 아영의 매니저이긴 하나 자신이 봐도 아영보다 레이나의 미모나 모든 것이 압도적으로 우월하다고 느낄 수밖에 없었다.

"매니저 오빠, 눈 돌리세요."

"응? 아, 미안 미안~"

아영의 매니저는 의도하지 않았지만 레이나를 한참이나 뚫어지게 쳐다보고야 말았다.

그리고 아영이 그걸 그냥 둘 리도 없었다.

여자를 너무 뚫어지게 쳐다보는 것도 어떻게 보면 실례였으니 말이다.

"타세요. 이번에 가는 곳이 화이트비치라고 해서 촬영 장소로 유명한 곳이니 재미있을 겁니다."

누가 부탁하지도 않았는데 마치 가이드인 것처럼 친절하게 자신들이 갈 곳을 설명해 주는 매니저의 모습에 아영은 피식 웃으면서,

"평소의 매니저 오빠로 돌아와 주세요~"

"응? 내가 뭐. 난 원래 이렇게 친절했는데 말야."

오늘 처음 본 매니저가 이렇게 과잉 친절을 베풀고 있을 정도로 레이나의 미모가 우월하긴 했지만 한편 아영은 한숨이 새어나왔다.

자신이 봐도 진운과 레이나는 잘 어울리는 한 쌍의 커플이었으니 말이다.

거기다 진운과 레이나 사이에는 이상하게 말로 설명할 수는 없지만 마치 오래 한 이불을 덮고 살아온 노년의 부부처럼 눈빛으로 대화하는 경우도 많았다.

그렇다 보니 자신이 비집고 들어갈 틈을 찾을 수가 없다는 점에 저절로 나오는 것은 한숨뿐이었다.

바탕가스는 필리핀 루손 섬에 있는 지방인 칼라바르손 지방에 속한 곳이었다.

육지 깊숙이 만입(灣入)한 바탕가스만에 면하고 있었고, 남쪽으로는 민도로섬과 마주한 지형이었다.

주위에 비옥한 구릉 지대가 펼쳐져 있어서인지 필리핀에서는 손가락에 꼽을 만큼 사탕수수 생산지로 유명하기도 했다.

특히나 산호 바다이기 때문에 휴양지로 인기가 높았고 필리핀에서 쉽게 찾아볼 수 없는 화이트비치가 있어서 호핑투어나 스노우쿨링 등 수상스포츠를 즐기는 사람이라면 꼭 와보기를 바라는 곳으로도 유명했다.

특히 화이트비치는 산호가 잘게 부서지면서 생긴 천연 해변이기에 마치 하얀 캔버스에 에메랄드빛 물감으로 바다를 그린 듯한 절경이 최고로 꼽히는 곳이었다.

간혹 예술적인 감성을 가진 사람들은 화이트비치에 있는 바다의 색을 보면서 퐁파두르 블루라고 칭하기도 했다.

여기서 퐁파두르는 궁전 문화가 발달했던 로코코 시대에 빠질 수 없는 여인의 이름이었다.

프랑스 궁전을 자기 집 안방 드나들 듯 다녔던 그녀는 당시 로코코 양식의 미술을 후원하는 후원자이기도 하지만 당대 패션피플이자, 루이 15세의 정부로 화려한 인생을 살다 가기도 했다.

퐁파두르 후작부인은 인생 자체가 예술이었고, 로코코 예술이라고 할 수 있었다.

그리고 퐁파두르 블루라는 색이 탄생하게 된 것도 바로

그녀의 초상화 때문이었다.

단정하게 빗어 넘긴 머리에 손에 펼쳐진 책, 악보와 나뒹구는 깃털 펜 등 사소한 소품으로 자신의 우아함과 지적인 모습을 그려낸 것이 특징인 초상화였다.

그런데 그런 그녀의 모습에서 유독 눈길을 끄는 것이 바로 그녀가 입고 있는 블루 컬러의 드레스였다.

고혹적이며 분위기가 있는 블루 컬러는 퐁파두르 부인의 하얀 피부를 더욱 눈부시게 만들어주었으며, 그녀의 고귀함과 고상함, 그리고 지적인 분위기를 한층 더 살려주었다.

훗날 엔티크함의 상징으로 퐁마두르 블루라고 불리게 된 이 색은 도호의 브랜드 컬러이기도 했다.

그런데 그렇게 독특한 색이 바로 화이트비치의 해변을 가득 메우고 있는 바다의 색이기도 했다.

한마디로 감성이 충만한 사람에게는 잊을 수 없는 추억을 남길 수 있는 곳으로 유명하다는 뜻이었다.

사실 아영은 이곳이 처음이 아니었다.

데뷔하고 막 인기를 얻을 무렵 한 번 이곳에 온 적이 있었다.

물론 그때는 신인이었고, 이제 막 인기를 얻기 시작할 때라서 비키니 몸매를 강조한 화보 촬영이었다.

주변의 풍경을 전혀 신경 쓰지 못했지만 두 번째로 온 이

번 촬영은 여름의 향기가 가득한 의류 화보 촬영이기에 시
간적으로나 심적으로나 여유가 많아서 그런지 이제야 주변
의 풍경이 눈에 들어오기 시작한 것이다.

"예쁘네요."

"네?"

창밖으로 보이는 풍경에 넋을 잠시 놓고 구경하던 아영
은 갑자기 진운의 목소리에 놀라서 쳐다보다가 설마 자기
보고 예쁘다고 한 것인지 아니면 다른 것인지 몰라서 멍하
니 진운을 쳐다보기만 했다.

"해변이 참 예쁘네요."

뒤늦게 진운이 다음 말을 하자,

"아, 네. 예쁘죠?"

"그러게요."

훗~

진운은 그걸로 입을 다물고 창밖만 쳐다봤고 아영도 자
연스럽게 창밖에 시선을 고정시켰다.

Chapter
11
화보

"자~!!! 스탠바이 준비해!!"

촬영장에 도착하자마자 아영은 매니저를 따라 바로 촬영하는 사람들 속으로 사라져 버렸다.

물론 그녀가 미리 말을 했는지 매니저가 다가와 적당히 구경하기 좋은 곳에 의자를 마련해 주기까지 했다.

일반적으로 촬영장에 외부인이 오는 것을 싫어하는 경우가 많은 것을 생각하면 아무리 김아영이라지만 의자까지 줘서 구경하라고 자리 잡아주는 모습을 보면 나름 파워가 있는 모양이었다.

─저걸 보니 우리 광고 촬영했던 때가 생각나네.

"응? 아, 고아원에서 찍은 그거."

─응, 그런데 진운은 광고 나오는 거 봤어?

"아니, 레이나가 말하기 전까지는 아예 잊고 있었어."

진운은 레이나가 말하기 전까지 자신이 공익광고이긴 하지만 그래도 나름 촬영 경력이 있다는 것도 아주 잊고 있었다.

그만큼 생각에 여유가 없다는 것을 말하는 것이기도 했다.

─베이스퍼 씨의 말이 맞아.

"뭐가?"

─진운은 너무 쫓기듯 움직이고 있으니까 말야.

레이나의 말에 진운은 말없이 고개를 끄덕이면서,

"나도 알고는 있는데… 그게 마음대로 되질 않아서 말야."

진운이라고 왜 모르겠는가. 자신이 긴장감 속에 살아가고 있다는 것을 말이다.

특히나 대륙과 지구를 오가며 차원이동을 하면서 시간적 감각까지 희미해졌을 정도로 정신없이 살아온 시간이었다.

거기다 지금까지 긴장하며 살아온 시간보다 앞으로 마주

하게 될 적을 생각하면 오히려 예행연습을 했다고 해도 과
언이 아닐 만큼 거대한 적이 기다리고 있는 상황이다.

그러니 자연스레 긴장감이 더욱 높아질 수밖에 없었다.

그 결과 생각의 폭이 좁아지면서 모든 것이 자신이 살아
남고, 적을 어떻게 처리하는 것에만 집중하게 되어 다른 것
을 금방 잊어버릴 수밖에 없었다.

지금 당장 촬영장에 와서 구경하면서도 자신이 광고를
찍었었다는 사실조차 레이나가 말하기 전까지 까맣게 잊고
있었으니 말이다.

─진운, 급할수록 돌아가라는 말이 있더라.

"훗, 그건 또 어디서 들은 거야?"

가끔 레이나는 정말 진운도 생각지 못한 옛날 속담이나
옛말을 하는 경우가 많았다.

─도서관에서 읽은 책 중에 그런 말이 있었어. 그런데 지
금 진운을 보면 정말 딱 맞는 말이라고 생각해.

S대 도서관에서 거의 살다시피 할 때 아마 본 듯했다.

그 당시 그녀의 엄청난 독서량을 생각하면 어쩌면 당연
한 것일지도 모르지만 생각지 못한 상황에서 불쑥~ 튀어
나오는 경우가 많다 보니 진운은 그럴 때마다 레이나가 조
금은 새로워 보이기도 했다.

─옷 예쁘다~

분위기를 전환하려는 생각인지 일부러 말을 슬쩍 돌리는 레이나의 모습에 진운은 모른 척 시선을 돌려 한참 옷을 입고 촬영 중인 아영을 바라봤다.

카메라 앞에서 진지한 표정부터 확실히 프로라는 느낌이 가슴에 와닿을 만큼 촬영하는 모습은 색달라 보였다.

그런데 촬영을 잘하다 말고 아영이 갑자기 진운 쪽을 보더니 손짓하는 게 아닌가?

—우리더러 오라는 것 같지?

레이나가 아영의 손짓에 진운을 한 번 보고는 동의를 구하듯 물어보자,

"그런 것 같은데… 왜 그러지?"

딱히 촬영장에 방해를 준 것도 없었다.

처음 아영의 매니저가 마련해 준 곳에서 움직이지도 않았으니 말이다.

거기다 뭔가 촬영에 방해가 되었다면 당연히 촬영 스태프가 먼저 다가왔을 것이다.

아영이 갑자기 촬영 중에 부르는 손짓에 고개를 갸웃거리면서도 일어서서 움직이긴 했다.

자신들은 아영의 초대를 받고 온 손님이었으니 말이다.

"촬영해 볼래요?"

"……??"

―……??

뜬금없는 아영의 말에 진운과 레이나가 동시에 고개를 갸웃거리자 아영은 이곳의 촬영감독을 잡아끌더니,

"감독님 어때요, 이 두 사람?"

얼떨결에 끌려나온 감독도 아영이 계속 부탁하기에 그냥 가벼운 마음으로 나와서 진운과 레이나를 보더니 바로 눈빛이 바뀌었다.

"두 사람 촬영 경험은 있습니까?"

촬영감독의 눈빛이 바뀌는 것을 놓칠 리 없는 진운은 우선 묻는 말에 대답했다.

"공익광고를 한 번 촬영한 적이 있습니다."

"공익광고… 라면……?"

촬영감독이 물어보자 아영이 나서면서,

"그거 있잖아요. 제가 촬영했던 거요, 고아원 배경에."

"고아원 배경……? …아!!! 그거!"

촬영감독은 그제야 기억난 듯 뒤를 보더니,

"아영 씨가 촬영했던 공익광고 포스터 그거 있지? 가져와 봐."

촬영감독의 말에 스태프들이 갑자기 바쁘게 뭔가를 뒤지더니 곧 한 명이 포스터 한 장을 넘겨주고는 가버렸다.

"역시… 맞네."

촬영감독은 포스터에 있는 진운과 레이나를 확인하고서는 고개를 끄덕이는데 왠지 만족하는 표정이었다.

"두 사람 다… 몸매는 웬만한 모델 저리 가라구만."

그동안 화보 촬영만 수백 번을 했던 감독답게 그냥 간단하게 면티를 걸치고 있는 진운의 모습에서도 날카롭게 찾아냈다.

레이나는 뭐 이미 대충 걸치고 있지만 특유의 분위기에서 감독의 마음을 만족시킨 상태였다.

"해보겠나?"

처음에는 그냥 등 떠밀려서 대충 하자는 듯한 감독이 오히려 아영보다 더 적극적으로 변했다.

그래서 조연출부터 스태프들을 달달 볶아버리더니 순식간에 진운과 레이나의 옷차림을 바꿔 버렸다.

"역시… 내 눈은 틀리지 않았어~"

진운과 레이나가 옷을 바꿔 입고 나온 모습을 보고는 매우 흡족해하는 감독이었다.

"자!! 스탠바이!!!"

뭐라는 설명도 없이 진운과 레이나가 서 있는 곳에서 일제히 모든 스태프가 물러나자 오히려 당황한 것은 진운과 레이나였다.

"자, 그냥 원하는 대로 움직이면 나머지는 내가 알아서 해결할 테니 나만 믿고~!"

도대체 뭘 믿으라는 건지 진운이 난감한 표정을 지을 때쯤 아영이 슬쩍 다가와서,

"그냥 평소에 해변을 걷는다는 생각이나 하던 행동을 그대로 하면 돼요. 저 감독님, 조금 특이하지만 실력 하나는 최고거든요."

그러고는 김아영까지 빠져 버렸다.

"이게 화보 촬영인가……."

처음 하는 화보 촬영에 진운이 난감해하는데 그런 진운과 달리 레이나가 슬쩍 한 걸음 내딛더니 손을 뻗어 진운의 허리를 감싸는 것이다.

그러더니 진운의 손목에 찬 시계 쪽으로 자연스럽게 손을 뻗어서는 시게 옆에 달린 버튼을 살짝 돌렸다.

"응?"

설마 레이나가 먼저 자신의 허리를 감쌀 줄은 전혀 예상하지 못했던 진운이 놀라자,

—진운의 위성 감시 방지 범위를 조금 줄였어.

"응? 아……."

진운은 레이나가 자신의 허리를 먼저 감쌌다는 사실에 놀랐었다.

하지만 레이나가 위성 감시와 카메라를 비롯한 모든 촬

영 장치에서 자신들의 모습이 전혀 다른 얼굴로 보이게 되는 장치의 범위를 줄였단 사실을 뒤늦게 인지한 것이다.

잠시 후 시작될 촬영을 생각하면 필요한 조율이기도 했다.

그렇지 않으면 지금 촬영 감독이 찍는 순간 진운과 레이나의 모습은 눈으로 보는 것과 완전 다른 평범한 필리핀 현지인의 모습으로 찍힐 테니 말이다.

그런 것을 뒤늦게 알아차린 진운이 멋쩍게 웃자,

─진운에게는 자극적이었나 봐? 후후후훗.

장난스럽게 웃는 레이나의 표정을 보고서는 그녀가 뭔가 단단히 마음을 먹고 움직인다는 것을 느낀 진운은 처음에는 레이나에게 이끌려 가는 듯했다.

하지만 이내 곧 익숙해졌는지 평소의 모습으로 해변을 걷거나 주변을 둘러보거나 하는 모습을 연출했다.

"좋아!!! 좋아!!!"

찰칵! 찰칵! 찰칵!!!

고성능 카메라 여러 대가 끊임없이 찍어대는 셔터 소리가 요란했지만 긴장감이 풀려서인지 진운의 표정이 완전히 평상시로 돌아와 있었다.

"좋아!!! 그대로!! 그대로!! 좋아!!! 웃는다!!! 웃는다!!!"

다만 저 감독의 좋아라는 말과 웃는다는 말이 끊임없이

들리는데 도대체 뭐가 좋은 건지, 뭘 웃으라는 건지 여전히 이해하지 못하는 진운이었다.

그리고 거의 한 시간 이상 셔터 소리가 끊임없이 들리다가 일제히 뚝 끊기더니,

"컷! 밥 먹고 합시다!"

어느새 밥 먹을 시간이 되어버린 것이다.

스태프들은 감독의 이 말을 기다렸는지 그 어떤 때보다 빠르게 주변을 대충 정리하더니 순식간에 파라솔을 펴고는 식사 준비에 여념이 없었다.

"어때요? 재미있죠?"

아영이 양손 가득 도시락을 들고 다가왔는데, 그녀가 가져온 도시락 양을 보니 진운과 레이나 것도 포함된 듯했다.

―재미있네요. 새로운 경험이기도 했구요.

아직까지 귀에서 촬영 감독의 '좋아!' 와 '웃는다!' 라는 말이 떠나지 않고 있는 진운을 대신해서 레이나가 대답하자 싱긋 웃는 아영이었다.

"레이나 씨가 좋아할 줄 알았어요."

―제가요?

"이 정도 스타일을 가지고 있는데 당연하잖아요."

아영의 말에 자신을 슬쩍 내려다본 레이나는 아영이 말한 스타일이 어떤 건지 왜 당연한 건지 이해를 못했다.

“진운 씨?”

“네? 아… 언제 왔어요?”

아영이 몇 번을 불러서야 겨우 감독의 반복적으로 외치던 소리가 뇌리에서 잠잠해진 진운이 대답하자,

“후후훗, 진운 씨 지금까지 감독님이 외쳤던 말 때문에 그랬죠?”

“응? 어떻게 알았어요?”

진운은 아영이 족집게처럼 정확하게 알아맞히자 놀라는 표정을 지으면서 물어보자,

“저도 그랬거든요. 음… 전 아마 한 하루 정도 계속 감독님이 외치던 ‘좋아!’ 이거랑 ‘웃자!’ 이 말이 계속 맴돌아서 거의 정신이 몽롱한 상태에서 촬영했었어요. 처음에는요.”

아영의 말을 듣던 진운은,

“역시…….”

자신만 그런 게 아니라는 것을 확인하고는 금방 머릿속에 잡념을 떨쳐 버렸다.

“그런데 진운 씨와 레이나 씨는 두 분 다 오늘 스케줄 비었나요?”

—왜 그러죠?

“그게 감독님이 두 사람이 마음에 들었나 봐요. 원한다면

넉넉하게 수고비를 줄 테니 촬영해 보지 않겠냐고 하네요.
저와 같이요."

아영의 말에 진운이 밥 먹던 젓가락을 살짝 내리면서,

"아영 씨도 함께요?"

"네, 어지간히 마음에 들었나 봐요. 특히 진운 씨를 보는
감독님의 눈빛이 예사롭지 않아요."

"저… 는 왜……?"

남자가 자신을 보는 눈이 예사롭지 않다는 말에 순간 이
상한 상상을 한 진운이 슬쩍 엉덩이를 물리면서 물어보자,

"처음에는 그냥 딱딱한 통나무를 세워놓은 것 같더니 빠
르게 적응하는 것을 보고는 진운 씨는 이쪽이 체질이라고
칭찬이 자자해요."

"제가… 요?"

사실 누가 자신을 칭찬하는데 싫을 리가 없었다.

특히나 어떤 분야에 전문가나 최고라고 불리는 사람에게
듣는 칭찬은 이상한 마력까지 있으니 말이다.

칭찬은 고래도 춤추게 한다는 말이 그냥 나온 게 아니었
다.

특히 연예계 쪽은 자신의 멘탈이 중요한 직업이기 때문
에 누군가 칭찬을 하게 되면 그만큼 자신감이 커지고 그런
만큼 연예계 쪽에서는 뭘 해도 잘하게 되는 편이었다.

운이 더 좋은 운을 부른다는 말이 있듯이 자신감에 차서 하는 일에는 실수하게 되더라도 좋은 쪽으로 바뀌는 경우가 많은 편이었다.

물론 진운은 연예계는 전혀 생각도 없었지만 말이다.

"어때요? 해보지 않을래요? 이런 경험하기 쉽진 않잖아요."

아영은 진운의 마음이 움직이는 듯한 느낌을 받았는지 진운을 집중 공략하기 시작했고, 결과적으로 그 작전이 성공했다.

사실 딱히 할 것도 없었던 진운이었으니 그냥 좋은 게 좋은 거라는 생각에 승낙했지만 말이다.

그리고 밥 먹고 잠시 쉬던 촬영이 다시 시작되었다.

이번에는 진운과 레이나, 그리고 김아영까지 포함한 본격적인 촬영으로 말이다.

사실 진운과 레이나만 했던 촬영은 써도 그만, 나중에 버려도 그만인 편이었다.

그냥 아영의 부탁도 있었고, 감독 자신도 마음에 들어서 테스트 겸 했던 촬영이라면 이번 오후에 하는 촬영은 본래 촬영의 메인 모델인 김아영까지 합세하는 정식 촬영인 것이다.

그것을 증명이라도 하듯 촬영장의 분위기가 사뭇 진지해

져 있었다.

하지만 정식 촬영을 시작하는 것과 동시에,

"좋아!!! 좋아!!! 웃는다!! 웃는다!!! 좋아!!! 좋아!!!"

라는 감독의 외침도 다시 시작되어 버렸다.

"자꾸 듣다 보면 적응될 거예요."

아영은 미간을 찌푸리는 진운의 모습에 웃으면서 가볍게 조언을 했고, 진운도 딱히 뇌리에 계속 맴도는 것 때문에 찌푸렸을 뿐이기에 금방 적응해서 촬영은 너무나 순조로웠다.

얼마나 순조로웠냐 하면,

"야! 오늘 촬영 끝!"

보통 해가 떨어지기 전까지 촬영이 계속되는 편이었는데 밥 먹고 시작한 지 두 시간 만에 감독은 입가에 환한 미소를 지으면서 지금까지 찍은 카메라를 챙겨들고는 가장 먼저 돌아가 버렸다.

"……."

지금까지 촬영하면서 저런 감독의 모습을 처음 본 아영은 말없이 쳐다만 보다가.

"시간이 많이 남아 버렸네요……?"

진운과 레이나를 보면서 어색하게 웃어 버렸다.

Chapter 12
여자들

　촬영이 끝난 후 촬영장에서 얼마 멀지 않은 장소.

　그곳에서 아영과 진운 등은 음료를 시키고 앉아 여유롭게 주변을 둘러볼 수 있게 되었다.

　너무나 빨리 끝나 버린 촬영에 시간이 고스란히 남아 아영은 숙소로 돌아간다 한들 딱히 할 일도 없었고, 이대로 돌아가 버리면 진운과 헤어지게 될 것 같아 아쉬움이 크게 남았다.

　해서 세 사람이 이렇게 시간을 보내게 된 것이다.

　"저기 제가 물어보고 싶은 것이 있는데요."

그런데 가만히 진운과 레이나를 보던 아영이 입을 열어 한 첫말이 궁금한 것이 있다는 질문이었으니 당연히 진운과 레이나의 시선이 모아질 수밖에 없었다.

"레이나 씨가 진운 씨를 좋아하죠?"

단도직입적으로 대놓고 면전에 한말에 진운은 당황했는지,

쿨럭!

먹던 음료가 목에 걸려서 사레가 들려 버렸다.

그런데 정작 그런 질문을 받은 레이나는 조용히 웃으면서,

―네, 좋아해요.

하고 대답하는 게 아닌가.

그런데 더 황당한 것은 그런 레이나의 대답에 아영이 별거 아닌 것처럼 웃으면서,

"역시… 그럴 줄 알았어."

하면서 가볍게 웃었다.

그런데 이번에는 반대로 레이나가 웃으면서,

―아영 씨도 진운을 좋아하죠?

쿨럭!

레이나의 말에 또다시 진운이 사레가 들려 버렸다. 하지만 진운이야 사레가 걸리거나 말거나 아영도 웃으면서,

"좋아해요, 그것도 아주~ 많이요."

레이나와 달리 진지한 눈빛으로 레이나에게 대답하는데 옆에 앉아 있는 진운이 오히려 가시방석에 앉아 있는 느낌이었다.

"두 사람 다 뭐하는 거야, 가만히 있다가."

이대로 두면 앞으로 무슨 말이 나올지 무서워진 진운이 얼른 대화를 끊어버릴 생각에 끼어들었지만 아영이 웃으면서 진운을 보더니,

"진운 씨는 두 명의 여자와 결혼하는 거 어떻게 생각해요?"

컥!

아주 메가톤급으로 카운터 펀지를 날리는 아영이었다.

"호호호호호, 농담한 건데 진운 씨는 진담으로 받아들였어요?"

장난기 가득한 표정으로 살짝 혀를 내밀면서 진운을 놀리는 아영의 모습에 레이나가 슬쩍 끼어들며 말했다.

─진운은 진짜인 줄 알 거예요.

"그래요? 흠⋯ 그럼 진심이라고 할 걸 그랬나?"

─후후후후훗⋯⋯.

갑자기 레이나까지 아영의 장난에 장단을 맞춰주는 모습에 어안이 벙벙해진 진운이 두 사람을 가만히 보다가 결국

자리에서 일어서더니,

"잠깐 바람 좀 쐬고 올게."

라면서 먼저 자리를 피해 버렸다.

"에이… 재미없게시리……."

아영은 진운이 나가 버리자 방금 전까지 장난기 가득한 표정이 사라지고는 살짝 슬픈 듯한 표정으로 변했다.

"레이나 씨는 마음을 알아줄 거라고 생각해요?"

진운이 자리를 비우자 여자들끼리의 진심이 나오기 시작했는지 먼저 아영이 입을 열자,

─전 그에게 이미 좋아한다고 말을 했어요. 이제 진운이 선택하는 것을 기다리는 것만 남은 셈이지만요.

"먼저 고… 고백한 거예요?"

레이나가 먼저 좋아한다는 말을 했다는 말에 아영이 놀라서 말까지 더듬자 그런 아영의 반응이 재미있는지 레이나는 싱긋 입가에 미소를 그렸다.

─좋아하는 사람에게 좋아한다고 말하는 게 잘못된 건가요?

레이나의 입장에서는 당연한 것이지만 여자가 먼저 고백하는 것이 조금 어색한 생활을 했던 아영에게는 엄청난 충격일 수밖에 없었다.

"그래서… 진운 씨가 대답했어요?"

당연히 여자가 먼저 고백했는데 남자라면 좋다, 싫다, 딱 잘라서 대답하는 것이 일반적이기에 긴장하는 마음으로 대답을 기다리는데,

―모르겠다고 하더군요.

"…그, 그게 끝이에요?"

뭔가 스펙터클한 대답을 원한 것은 아니지만 최소한 좋다, 싫다는 확답이라도 들었을 줄 알았던 아영은 살짝 실망한 표정을 지을 수밖에 없었다.

―제 감정을 상대방에게 강요하는 것은 잘못된 거예요. 아영 씨는 그렇게 생각하지 않나요?

"뭐, 그거야 맞는 말인데요."

레이나가 굳이 틀린 말을 하는 것은 아니지만, 뭔가 찜찜한 느낌도 지울 수 없는 아영이었다.

―제가 사랑하는 방식은 기다리는 거예요.

"…진운 씨가 돌아봐 줄 때까지요?"

자칫 잘못 들으면 레이나의 말은 스토커로 오해할 수도 있었다.

하지만 아영은 그렇게 생각하지 않았다.

사실 레이나 정도의 미모와 몸매를 가진 여자가 뭐가 아쉬워서 스토커를 하겠는가.

거기다 진운과 친한 사이기까지 한데 말이다.

─아니요, 제 마음을 받아줄 준비가 될 때까지요.

"…그게 무슨 말이에요?"

뭔가 아리송한 말에 아영이 고개를 갸웃거리자,

─제 마음을 받아줄 준비가 되면 전 그에게 다가갈 거예요. 그리고 그가 싫다고 하면 떠나면 그뿐이죠.

"……."

아영은 레이나의 말을 듣고 뭔가 이상하다는 생각이 들었다.

사랑한다고 말하고 기다리기까지 하고서 다가갔는데 싫다고 한다고 그냥 떠나?

뭔가 싱거운 듯하면서도 머리로는 논리적으로 이해가 되는데 가슴으로는 도저히 레이나의 말이 받아들여지지 않는 묘한 기분이 든 것이다.

"그게… 가능… 해요?"

사실 누군가를 사랑하면서 기다리는 것도 힘든 일이었다.

짝사랑이 힘들다고 하는 이유가 바로 끝없는 기다림 때문이기도 했으니 말이다.

그런데 그런 기다림을 버티고 나서 다가갔는데 싫어한다고 아무것도 아니었던 것처럼 깨끗하게 잊고 떠날 수 있을까?

아영은 자신이 과연 그럴 수 있을지 잠시 생각해 봤지만 도저히 그것만은 불가능하다고 판단했다.

아니, 그렇게 허무하게 물러나는 것은 아영의 자존심이 허락하지 않았다.

―아영 씨는 어떻게 생각할지 모르지만 이건 제가 살아온 방식이에요. 그리고 저와 같은 사람들이 사랑하는 방식이고요.

엘프라고 대놓고 말하지 않지만 은연중에 살짝 뭔가 다르다는 느낌을 풍기듯 말을 하는 레이나였다.

애초에 엘프의 사랑 방식을 인간이 이해한다는 것은 불가능했으니 말이다.

논리적인 사고를 기본으로 사랑하는 사람을 고를 때 자신의 판단과 더불어 거의 50% 확률로 엘프들은 논리적으로 자신의 입장과 함께 모든 주변 요건을 따지는 것이 일반적이었다.

굳이 말한다면 진운을 선택한 레이나의 경우가 조금 특이하다고 할 수 있을 것이다.

일반적인 엘프들의 사고방식으로 보면 진운은 엘프들이 좋아할 수 있는 조건이 하나도 없었으니 말이다.

하지만 그동안 지내면서 레이나는 엘프들의 사고방식을 벗어나 인간의 사고방식을 받아들였기에 진운을 자신의 짝으로 정했다고 볼 수도 있었다.

"그런 게 어디 있어요. 그게 무슨 사랑이에요? 말도 안 돼……."

아영은 도저히 이해할 수 없다는 표정으로 레이나를 쳐다보는데 레이나는 충분히 아영의 그런 시선을 이해하기에 조용히 받아넘기기만 했다.

―아영 씨.

"네?"

―아영 씨는 자신의 모든 것을 버리고 진운을 따라갈 용기가 있나요?

"…무슨… 말이에요? 그게……?"

갑자기 레이나의 진지한 말투에 아영이 살짝 겁을 먹은 듯 말을 더듬자,

―말 그대로 받아들이면 돼요, 아영 씨에게 사랑의 가치가 어떤 것인지 물어보는 거예요. 이건 서로 한 남자를 사랑하는 여자이기에 물어보는 것이라고 생각해도 무관해요.

레이나의 방금 이 말에 아영은 뭔가 온몸에 전기가 통하는 느낌을 받았다.

그녀가 자신을 라이벌로 인정한다는 것 같은 느낌을 받았으니 말이다.

그게 아니라면 굳이 한 남자를 사랑하는 여자라는 말을

할 필요가 없었기에 레이나의 말을 가만히 생각해 보던 아영은,

"…모르겠어요……."

아무리 생각해도 쉽게 대답할 수가 없었던 아영은 모르겠다는 말을 해버렸다.

사실 이런 질문을 받았다고 쉽게 다 버릴 수 있다고 말하는 것은 그만큼 가볍다는 뜻이었으니 말이다.

어찌 보면 지금 아영의 대답이 가장 진심을 담은 대답일 수도 있었다.

한 여자의 인생이 걸렸다고 생각할 때 화려한 연예인으로 광고 한 편에 수천만 원에서 최고 수억까지 벌어들이는 그녀가 모든 것을 버리고 평범한 남자와 같이 살 수 있을까?

거기다 아영이 아는 진운은 극히 일부분에 불과했으니 자신의 모든 것을 걸기에는 사랑한다는 마음만으로는 쉽게 대답할 수가 없었던 것이다.

─그것으로 전 만족해요.

"뭐가요?"

자신이 모르겠다고 했는데 오히려 레이나는 부드러운 눈빛으로 원하는 대답을 들었다는 표정을 짓고 있으니 말이다.

─아영 씨에게 사랑의 무게가 결코 가볍지 않다는 것을 알았다는 것만으로도 전 당신이 진운을 사랑할 자격이 있다고 생각하거든요.

"그게… 왜……. 그것보다 왜 그걸 레이나 씨에게… 자격을 받아야 하는 거죠……?"

뭔가 당차게 말하고 싶은 마음은 있지만 이상하게 레이나 앞에서는 그게 잘 되지 않는 아영이었다.

─같은 남자를 사랑하는 여자니까요.

"……."

마지막 말에 아영은 결국 입을 다물어 버렸다.

다른 모든 것을 다 버리더라도 저 마지막 말을 듣는 순간 왠지 아영은 기뻤으니 말이다.

진운의 곁에 자신보다 레이나가 먼저 있었다.

그리고 자신이 비집고 들어갈 틈이 없다는 것도 아영 스스로 알고 있는 사실이었다.

하지만 어째서인지 자신의 마음을 레이나가 알아줬다는 것에 이상하게 마음이 편안해지는 것도 사실이었다.

"레이나 씨는… 정말… 약았어요……."

자신의 마음을 들었다 놨다 하는 레이나의 모습에 아영이 환하게 웃으면서 한마디 하자,

─연적에게 친절한 여자는 세상에 없을 거예요.

“하긴… 내가 뒤늦게 끼어든 거니…….”

순순히 자신이 레이나보다 후발주자라는 것을 인정하는 아영의 모습에 레이나는 웃으면서,

─사랑에 첫 번째와 두 번째가 있나요? 결국 선택은 진운의 몫이에요. 그가 누굴 선택하든 저나 아영 씨나 기다리는 것은 다를 것이 없어요.

레이나의 똑 부러지는 말에 아영은 앉아 있던 의자에 허리를 깊숙이 묻으면서,

“아, 차라리 일부이처제라면 이런 머리 아픈 일은 없을 텐데…….”

이 순간만큼은 정말 한국의 일부일처제라는 결혼관련 법률이 참 싫어지는 아영이었다.

그리고 방금 아영의 말에 레이나도 조용히 고개를 끄덕이면서

─그건… 아영 씨의 말이 맞네요.

대륙도 원칙적으로는 일부일처제였으니 말이다.

거기다 엘프는 평생 한 명의 반려자를 맞이하고 그 반려가 죽으면 평생 혼자 사는 것이 그들의 방식이었다.

하지만 레이나는 차라리 그런 것을 모두 버리고서라도 진운의 곁에 있고 싶은 마음이 강했다.

이기적일지 모르지만 한 명만 선택하는 것이 아니라면

그만큼 자신에게도 가능성이 높을 테니 말이다.

＊　　＊　　＊

“아, 갑자기 무슨 말이야. 사람 당황스럽게……. 나
참…….”

진운은 아영의 돌발행동에 오히려 자신이 가시방석 위에
앉은 느낌이 들어 결국 밖으로 나와 버렸지만 다시 들어가
고 싶은 생각은 없었다.

어차피 들어가 봐야 똑같은 상황을 당할 테니 말이다.

“그냥 해변이나 걸을까?”

막상 카페 밖으로 나왔지만 할 게 없는 진운은 눈앞의 새
하얀 백사장과 투명한 푸른빛의 바다를 보고는 무작정 걷
고 싶다는 생각이 들어 카페를 벗어나 해변에 발을 들였다.

“정말 깨끗하네…….”

이제 한국에서 이런 해변을 보려면 제주도 옆에 있는 우
도를 가거나 아니면 내륙에서 멀리 떨어진 섬으로 가지 않
는 이상 힘들기에 한참을 바다만 바라보고 서 있는 진운이
었다.

그런데 그때,

꺄악!!

“……??”

희미하지만 진운의 귓가에 들리는 여자의 비명 소리에 자연스럽게 고개를 돌려 일반적인 사람의 시력으로는 도저히 볼 수 없을 만큼 먼 곳을 바라보았다. 그리고 그곳에서 다시 한 번 여자의 비명 소리가 들려왔다.

“양아치인가?”

일반적으로 여자한테 치근덕거리는 녀석들을 한국에서는 양아치라고 부르기에 진운은 슬쩍 여자가 비명을 지른 쪽으로 몸을 돌리면서,

스윽~

오른발을 슬쩍 내밀자 오른발이 다시 땅에 닿기 전에 진운의 몸이 해변에서 사라져 버렸다.

“아! 진짜 시끄러!!!”

찰싹!!!

허름한 옷에 머리에는 붉은색 두건을 뒤집어쓴 전형적인 필리핀 남자 세 명이 여자 한 명을 둘러싸고 발로 팔과 다리를 밟아서 꼼짝도 못하게 하고 있었다.

그리고 그런 녀석들과 달리 조금 떨어진 곳에서 바위 위에 걸터앉아 있던 뚱뚱한 녀석이 천천히 걸어오더니,

“쌍년이 목소리만 커가지고.”

찰싹!!

가차없이 손발이 고정된 여자의 뺨을 사정없이 후려쳐버렸다.

주르륵.

얼마나 세게 쳤는지 입에서 피가 흘러내렸지만 오히려 녀석들은 그런 모습에,

키득키득~

거리면서 웃기 시작했다.

"그러니까 빌린 돈을 얼른 갚아야 할 거 아냐? 응?"

뚱뚱한 남자가 조용히 말하자 여자는 두려움에 가득 찬 눈동자로 뚱뚱한 남자를 보면서,

"그게… 아버지가 아직 병원에 있어요. 퇴원하시면 제가 꼭 갚을게요."

사정했지만 뚱뚱한 남자는 오히려,

카약~ 퉤!

여자의 얼굴에 침을 뱉어버렸다.

그러고는 여자의 손발을 발로 밟아서 잡아놓고 있던 녀석들에게 슬쩍 고갯짓을 했다.

그러자 순식간에 남자 세 명이 달려들어 여자의 손발을 묶어버리는 게 아닌가.

거기다 입에 재갈까지 물려서 완전 꼼짝도 못하게 해버렸다.

"뭐, 더 이상 기다리기 힘들어서 널 팔기로 했으니까 이대로 얌전히 팔려가면 돼. 알았지?"

톡톡톡~

재갈이 물려 말을 못하는 여자는 그 말을 듣고 눈이 찢어질 만큼 커지더니,

"음!! 음음음!!! 음음음!!!"

마구 발버둥치기 시작했다.

"이게 어디서!!"

퍽!!

여자가 너무 몸부림을 치자 화가 난 녀석 중에 하나가 여자의 배에 주먹을 사정없이 쑤셔 넣자,

"흡!!!"

짧은 신음 소리와 함께 그대로 기절해 버렸다.

"보스, 이년 생각보다 토실토실한 것이 녀석들이 비싸게 사주겠죠?"

"그걸 말이라고 하냐. 크크크큭, 이미 가격은 흥정이 끝났어. 이년을 넘기고 나머지 잔금만 받으면 끝나니까 서둘러."

"네, 보스."

셋 중에 가장 덩치가 좋은 녀석이 기절한 여자를 어깨에 둘러메고 가려는 듯 일제히 방향을 틀었는데 그런 그들 앞

에 진운이 조용히 서 있었다.

"저거 뭐야? 보니 일본놈인가? 중국놈인가?"

사실 외국에서 중국인과 한국인 그리고 일본인을 거의 구분하는 경우가 없었다.

그러니 가장 많이 보는 나라 순서로 녀석들이 진운을 보면서 중얼거린 것이다.

"어차피 우리말 알아듣지도 못할 텐데 뭐."

관광객이 확실한 것을 보면 지금 자신들이 했던 말을 알아듣지 못했을 것이라고 생각했다.

왜냐하면 필리핀은 일반적으로 영어를 많이 쓰지만 실제로 필리핀 사람들은 타갈로그어를 많이 사용했었다.

그리고 방금 녀석들이 나눈 대화는 모두 타갈로그어로 이야기했으니 당연히 외국에서 온 진운이 알아듣지 못했을 것으로 생각한 것이다.

"지랄들 한다. 필리핀은 인신매매도 합법인가 보지?"

"……!!!"

"……!!!"

"우리말을……."

진운의 입에서 유창한 타갈로그어가 튀어나오자 순간 당황한 녀석들이 멈칫거리더니 서로 눈치를 주고받기 시작하는 게 아닌가.

"보스, 어쩌죠?"

"이거… 나중에 경찰들 귀에 들어가면… 시끄러워질 텐데……."

아무리 치안이 그리 좋지 않은 필리핀이라고 해도 공권력이 아예 무능한 건 아니었다.

특히나 일반적인 서민이나 이 녀석들처럼 삼삼오오 모여서 고리대금업을 하는 녀석에게 경찰은 무서운 존재였다.

"저놈 혼자냐?"

가장 뒤에서 슬쩍 진운외에 다른 사람이 있는지 곁눈질로 주변을 살펴보던 뚱뚱한 보스가 물어보자 다른 녀석들도 둘러보고는 고개를 흔들었다.

"저놈 혼자 같은데요?"

"그래?"

"네. 저 녀석이 이곳에 온 것부터 재수가 없는 거죠, 뭐. 여기는 관광객이 올 리가 없잖아요."

"하긴, 그럼… 다들 어떻게 해야 하는지… 알지?"

주변에 진운 외에는 다른 사람도 없고, 특히나 이곳은 관광객이 많은 해변에서 제법 떨어진 곳으로 사람의 발길이 거의 없는 곳이었다.

녀석들은 서로 눈빛을 주고받더니 각자 품에서 권총을

꺼내 들었다.

"재수없다고 생각해라."

이미 권총을 꺼내는 순간 승부는 판가름 났다고 생각하는지 기세등등한 녀석 중에 가장 키가 작은 녀석이 성큼성큼 걸어서 진운의 앞에 와서 총구를 들이댔다.

그것도 진운의 심장이 있는 가슴에 말이다.

"어이, 어디서 온 놈이지 모르지만 그냥 재수없다고 생각해라."

그러고는 별다른 것도 없이 바로 방아쇠를 당겨 버렸다.

탕!

"……??"

당연히 녀석은 피를 뿌리면서 뒤로 날아가는 진운을 생각했는데, 어찌된 일인지 진운이 눈앞에서 사라져 버린 것이다.

"이 동네는 심심하면 사람한테 총 쏘나 보지?"

"……!!!"

바로 옆에서 들려오는 목소리에 놀라 권총의 총구를 황급히 돌리기 위해서 몸을 돌리던 녀석이 갑자기 휘청거리더니 넘어져 버렸다.

"어이쿠!!"

탕!

너무 놀라서 자기 발에 자기가 걸려서 넘어져 버린 것이
다.

거기다 넘어지면서 방아쇠에 걸려 있던 손가락에 힘이
들어가더니 자기 배에 자기가 총을 쏴버렸다.

"쿨럭쿨럭……. 살려… 줘……."

정말 재수없는 것이 누구인지 의심스러울 만큼 황당한
죽음이었다.

오죽하면 뒤에서 보던 다른 녀석들도 어이가 없는지 멍
한 표정을 지었으니 말이다.

이곳이 울퉁불퉁한 바위가 많은 곳이었고, 발을 디딘 곳
이 안정적이지 못하다 보니 생긴 사고였다.

정말 우연히 생긴 사고 말이다.

죽은 녀석에게는 미안하지만 진운도 황당하긴 마찬가지
였다.

설마 자기 발에 걸려서 넘어지면서 자기 총에 맞아 죽을
줄은 정말 몰랐으니 말이다.

그런데 녀석이 죽는 것을 본 다른 녀석들은 진운이 뭔가
했다고 생각했다.

"보스, 저 녀석… 뭐죠……?"

"갑자기 랑카가 쓰러지더니 죽어버렸어요, 보스."

"이씨!! 정신 차려!! 그럼 저놈이 오기 전에 쏴버리면 되

잖아.”

지금까지 고리대금업을 하면서 사람들 고혈을 빨아먹는 짓을 많이 했지만 정작 자신들의 동료가 눈앞에서 죽자 겁을 먹기 시작한 녀석들이었다.

“이것들이 겁이나 처먹고는!! 정신 차려!!”

찰싹!!

가장 겁먹은 듯 어깨를 떨고 있는 녀석의 뺨을 힘차게 후려친 보스는,

“저놈을 향해 쏴버려! 까짓것 총알이야, 이년 팔아서 다시 사면 되잖아.”

“넷, 보스!”

아무리 총을 구하기 쉬운 필리핀이라고 해도 가격이 만만치 않게 비싼 것도 사실이었다.

그래서 지금까지 권총을 가지고 다니긴 했지만 사실 써본 적은 몇 번 없을 정도로 적었다.

물론 총을 쓴 그 몇 번도 위협하기 위해서 허공이나 땅바닥을 향해 쐈을 뿐이니 겁을 먹는 것도 당연했다.

거기다 방금 자기 발에 걸려 넘어지며 죽어버린 녀석이 지금까지 가장 앞장서서 총을 쏘는 역할을 했었는데 그 녀석이 죽어버리자 나머지 녀석들은 약간의 멘붕이 올 수밖에 없었다.

“쏴!! 막 쏴!!! 그냥 다 쏴!!”

지까짓 게 아무리 대단해도 몸에 총알구멍이 나고 멀쩡한 놈 없다는 생각에 남은 녀석들이 일제히 진운을 향해 총구를 겨누더니 방아쇠를 당겨 버렸다.

탕탕탕탕탕탕탕!!!

탕탕탕탕탕! 철컥… 철컥철컥…….

위협용으로 가지고 다니던 권총이었으니 탄창에 몇 발이 들어 있는지 알 리가 없는 녀석들은 그냥 무작정 방아쇠를 당겨 버렸고 순식간에 세 명 모두 탄창이 비어버렸다.

그리고 동시에 방긴 방아쇠 숫자만큼 총구에서 뿜어져 나온 화약 냄새가 주변에 가득했다.

“말도 안 돼…….”

총을 쏘는 순간 자신들이 눈을 감긴 했지만 도저히 피할 수는 없다고 생각했던 그들의 눈앞에 멀쩡히 서 있는 진운이 보였다.

그뿐인가?

옷자락 하나 상하지 않은 것이다.

하지만 지금 멀쩡한 진운을 보면서 황당해하는 녀석들보다 정작 진운이 더 황당했다.

“저것들… 왜 하늘을 향해 총을 쏘는 거야?”

남은 셋의 권총이 모두 자신을 향할 때 진운도 살짝 긴장했다.

아무리 초인이라도 총에 맞으면 다치는 건 어쩔 수 없으니 말이다.

그런데,

탕~!

하면서 첫발이 울리는 것과 동시에 일제히 진운을 향했던 총구가 모두 하늘로 향하는 게 아닌가.

그 모습에 긴장했던 진운은 황당했다.

"저것들 권총을 쏘는 법도 모르나?"

권총은 리볼버를 제외하고는 모두 사용한 탄피를 밖으로 버리기 위해서 블로우백이라는 과정이 필요했다.

블로우백이란 총기를 발사했을 때 소비되는 화약 가스의 일부를 사용해 그 압력으로 노리쇠를 밀어 다음 총알이 재장전되도록 하는 시스템을 말한다.

이때 총기의 슬라이드가 후퇴 전진하면서 재장전과 동시에 사용한 탄피를 밖으로 버리는 동작까지 동시에 이뤄지는 것이다.

그런데 이 블로우백 방식을 사용하는 권총은 일반 리볼버와 달리 작동 방식으로 인해 생기는 단점이 있었는데, 카트리지에 총알을 넣어 회전하면서 총알을 발화하는 리볼버보다 반동이 더 크고 강했다.

그러다 보니 첫발을 쏘고 나면 재장전을 위해 슬라이드가 후퇴하면서 생기는 반동으로 총구는 자연스럽게 하늘을 향할 수밖에 없었다.

영화에서나 보면 연달아 총알을 난사하는데 주변의 적들이 다 맞아 죽는 것을 자주 볼 테지만 사실상 그건 불가능했다.

그런데 황당하게도 지금 진운을 향해 탄창의 모든 총알을 쏴버린 녀석들은 그런 것도 전혀 모르고 있었는지 블로우백으로 인해 총구가 위로 향하더니 그때부터 하늘을 향해 다 쏴버린 것이다.

무슨 코미디도 아니고 총을 다 쏴버린 녀석들은 멀쩡한 진운을 보고 황당한 표정이었고, 반면 진운은 하늘에 총질하고 놀라는 녀석들을 보고 황당해했다.

"참나……. 원숭이도 자기가 쓰는 도구는 사용방법을 알고 있다고 하던데… 저것들은 원숭이만도 못한 수준이구만."

황당하게도 권총을 가지고 있었고, 그것으로 수많은 사람을 협박해 왔던 녀석들이었지만 정작 권총을 쏠 때 어떻게 쏴야 하는지 전혀 모르고 있었다.

상황이 이렇게 되자 진운은 녀석들을 신나게 패버리고 싶은 생각도 사라져 버렸다.

하지만 그렇다고 그냥 갈 수는 없기에 천천히 걸어서 녀석들에게 다가가자,

철컥! 철컥!! 철컥!!

이미 비어버린 탄창 때문에 빈 소리만 요란하게 울리는 권총을 진운을 향해 들이대면서 계속 방아쇠를 당길 뿐이었다.

"뭐, 이런 병신들한테 당하는 사람들이 있다냐……."

그 말이 저절로 나오는 녀석들이었다.

그리고 녀석들 앞에 선 진운은 가볍게 주먹을 말아 쥐고는 정확하게 한 대씩 턱을 후려쳐 버렸다.

퍽퍽퍽!!

털썩… 털썩… 털썩…….

진운의 주먹이 턱에 닿자마자 실 끊어진 인형처럼 그 자리에서 허물어져 버리는 녀석들은 자신이 왜 쓰러졌는지도 모르는 듯 허우적거리는데,

"아… 허무하다……."

오히려 처음에 자신의 가슴에 총구를 들이민 녀석이 더 괜찮아 보였을 정도였다.

덥썩!

턱을 맞아 뇌가 흔들려 정신을 차리지 못하는 녀석들의 멱살을 움켜쥔 진운은,

"살아나는 것도 네 운이겠지."

그 말과 함께,

휙!

그대로 뒤로 던져 버렸다.

그리고 다른 녀석의 멱살을 쥐고서 똑같이 뒤로 던져 버리고 마지막으로 남은 뚱뚱한 보스에게 다가가더니,

"넌 물에 잘 뜨겠네?"

그러면서 똑같이 뒤로 던져 버렸다.

풍덩! 풍덩! 풍덩!

진운이 녀석들을 뒤로 던진 지 얼마나 되었을까?

그의 귓가에 하얀 물보라를 일으키면서 저 멀리 가라앉기 시작하는 녀석들이 보였다.

"뭐, 어차피 뇌가 흔들려서… 헤엄도 못 치니."

말은 운이 좋으면 살아남을 수 있는 듯 말했지만, 진운의 빠르면서도 강한 라이트훅에 턱이 가격당해 뇌가 흔들리는 순간 이미 운명은 정해져 있었다.

일반적인 권투경기나 그런 곳에서 턱을 맞아 다운되는 것과는 차원이 다른 충격이기에 뇌가 흔들리다가 찌그러져 버렸고, 거기에 물속으로 빠져 버렸으니 녀석들은 죽을 운명이었다.

그리고 가장 먼저 죽어버린 녀석에게 다가가더니,

“하아… 어떻게 보면 가장 행복한 놈인가?”

최소한 다른 녀석들과 달리 자신의 몸이 물속에 가라앉으면서 서서히 죽어가는 공포는 느낄 필요가 없으니 말이다.

“너도 같이 가라.”

이미 죽어버린 녀석이었지만 목덜미를 움켜쥐고 휙 던져버린 진운은 정확하게 먼저 던진 셋이 가라앉고 있는 곳에 떨어뜨렸다.

“뭐, 나머지는 상어가 알아서 처리하겠지.”

필리핀의 바닷가는 조금만 깊은 곳에 가도 상어가 많기로 유명했다.

특히나 이곳 화이트비치는 산호로 된 섬이라서 유난히 상어가 많은 편이었다.

일반적으로 상어가 깊은 곳에 사는 걸로 아는 사람이 많은데 사실 상어에 의해 공격당하거나 사고를 당하는 사람들 대부분이 해변과 가까운 곳에서 공격당했다.

거기다 이곳처럼 산호로 이루어진 섬은 먹이가 풍부하니 상어가 더욱 많을 수밖에 없었다.

그렇기에 최소한 시체가 떠올라서 시끄럽지는 않을 것이다.

아니, 뭐 녀석들의 시체가 떠올라도 딱히 곤란한 것이 없기도 했지만 말이다.

"이 여자는 어쩐다?"

아직도 기절한 채 바닥에 널브러져 있는 여자를 본 진운은 우선 그녀를 묶어두고 있던 것을 다 풀어주고 입의 재갈까지 풀어주고는 어깨에 짊어지더니 주변을 잠시 살피다가 사라져 버렸다.

그리고 다시 나타난 곳은 처음 사라진 곳에서 그리 멀진 않지만 사람이 다니는 길목이었다.

"여기면 누가 발견하겠지?"

딱히 여자에게 무언가를 바라고 구해준 게 아니니 기절한 이때 조용히 사라질 생각에 진운은 가까운 오래된 나무에 여자를 살며시 내려서 기대어놓고는 조용히 사라져 버렸다.

그렇게 제법 시간이 지난 뒤 깨어난 여자는 잠시 자신이 왜 이곳에 있는 건지 영문을 몰랐다.

주변을 살피면서 일어서다가 배에서 느껴지는 극심한 고통에 다시 주저앉아 버리고 말았다.

"어떻게 된 거지? 분명… 페론 일당에게 잡혀서… 팔려갈 줄 알았는데……."

여자는 자신이 돈을 빌린 페론 일당이 돈 대신 자신을 해적들에게 팔아버린다는 말에 몸부림치다가 맞아서 기절한 것까지는 선명하게 기억이 났다.

그런데 다시 깨어나 보니 자신의 집에서 그리 멀지 않은 곳이었던 것이다.

"누가 도와준 건가……?"

페론 일당이 자신을 다시 이곳에 데려다놓는다는 것은 있을 수 없는 일이기에 생각조차 하고 있지 않는 여자였다.

녀석들이 돈 대신 끌고 간 여자들이 한둘이 아니었고, 그렇게 끌려간 여자들은 모두 해적이나 술집으로 팔려가 소리 소문 없이 사라졌으니 말이다.

그러데 조금 쉬면서 일어선 여자가 그동안 자신이 기대고 있던 나무를 보고는 소스라치게 놀랐다.

"설마… 바다신님께서……."

진운이 의도하진 않았지만 그가 여자를 기대어놓은 오래된 나무는 바로 이 마을에서 사람이 바다에서 죽거나 하면 혼령을 위로하기 위해 바다신님으로 부르면서 제사를 올리던 나무였다.

그런데 운명인지 여자가 깨어난 나무가 바로 그 나무였던 것이다.

여자는 바로 나무 앞에 엎드리고는 감사하다는 기도를 수십 번이나 올리더니 그대로 마을로 가서 소문을 내기 시작했다.

"바다신님께서 저를 구해주셨어요!!"

"페론 일당으로부터 저를 구해주셨어요!!!"

처음에 마을 사람들은 여자의 말을 믿지 않았다.

아무리 원주민이 많은 필리핀이긴 하지만 자신들 사는 곳은 전기도 들어오고 TV도 나올 만큼 문명화가 되어 있었으니 그냥 옛날 전통 때문에 그저 제사를 지낼 뿐이었다.

그런데 그런 오래된 나무가 사람을 구하다니 여자의 가족만 바다신에게 다시 가서 인사할 뿐이지, 다른 사람들은 그저 그냥 운이 좋다고 생각했던 것이다.

그런데 바로 다음 날 해변에 떠밀려온 페론 일당의 시체를 보고는 마을 사람 전원이 소스라치게 놀라 버렸다.

정말 여자의 말대로 페론 일당이 물에 빠져 죽어버린 것이다.

그것도 배를 타고 한참이나 나가야 하는 곳에서부터 떠밀려온 듯 물에 퉁퉁 부운 시체로 말이다.

007 침투
Chapter 13

　　카페를 나갔던 진운이 한참을 오지 않자 결국 레이나와
아영은 밖으로 나와 진운을 찾아야만 했다.

　　물론 그런 그녀들 뒤로 남자들이 귀찮게 따라다니는 것
은 당연했다.

　　그나마 아영의 매니저가 옆에 있기에 크게 귀찮지 않았
지만 매니저가 없었다면 제법 고생했을 정도로 남자들이
졸졸 따라다니는 편이었다.

　　그러다 해변 끝에서 천천히 걸어오는 진운을 발견한 아
영이 레이나를 데리고 진운에게 다가갔다.

─어디까지 갔었어?

"응? 아… 그냥 주변 경치 좀 구경하면서 걷다 보니……."

별거 아니라는 듯 말을 얼버무리는 진운의 모습에 레이나가 살짝 눈을 가늘게 뜨고 진운을 쳐다보다가,

─진운이 별거 아니라면… 아니겠지.

마치 뭔가 알고 있는데 그냥 넘어가 준다는 듯한 레이나의 말에 진운은 그저 웃었다.

"이제 숙소로 돌아갈 건가요?"

아영이 물어보자 진운은 고개를 끄덕였다.

이미 해변은 충분히 구경했으니 이제 돌아가도 괜찮을 것 같았고, 의외로 김아영 덕분에 나름 재미있게 하루를 보낸 편이었다.

"내가 차 가져올게."

그 말과 함께 아영의 매니저가 황급히 뛰어가 버리자 이번에는 진운을 중심으로 아영이 왼쪽, 레이나가 오른쪽에 서서 천천히 걸었다.

그런데 이번에는 남자들이 따라붙질 않았다.

진운의 모습에 기가 죽은 탓일까?

조금 전 매니저와 같이 있을 때와는 완전 다른 상황에 아영이 슬쩍 주변을 보다가 작게 웃자,

“왜 웃어요?”

진운은 영문을 몰라 물었다.

“아니, 조금 전에 제 매니저랑 같이 있을 때는 주변에 남자들이 엄청 치근덕거렸거든요, 그런데 신기하게 진운 씨와 있으니까 한 명도 다가오는 남자가 없네요.”

“그래요?”

아영의 말에 진운도 그제야 슬쩍 주변을 둘러보자 신기하게 레이나와 아영을 쳐다보긴 하지만 다가오는 남자는 한 명도 없었다.

“잘됐네요.”

딱히 이런 것이 궁금하지 않은 진운이 가볍게 넘겨 버리자 아영도 고개를 끄덕였다.

그리고 아영의 차를 타고 숙소로 돌아왔는데 방에 들어가자 베이스퍼가 조용히 진운과 레이나의 방에 들어와 앉아 있었다.

“어쩐 일이에요?”

진운이 베이스퍼가 자신의 방까지 찾아온 것이 조금 이상해서 물어보자,

“테칸에게서 연락이 먼저 왔네.”

“……!!”

─…….

베이스퍼의 말에 진운이 살짝 놀라자,

"나도 설마 이렇게 대놓고 연락할 줄은 몰랐는데 참……. 그놈들 대단하긴 하더군."

베이스퍼는 생각하면 황당하다는 듯 표정이 살짝 가라앉아 있었다.

"리조트로 직접 찾아왔습니까?"

진운과 레이나는 리조트를 벗어나 다른 곳에 있었기에 이곳으로 직접 왔다 한들 알 리가 없었다.

"아니, MI-6를 통해 내게 연락이 왔네."

"…MI-6라면… 영국 정보기관이잖아요, 그 007인가 영화로 유명한."

아마 세계적으로 유명한 정보기관이라면 미국의 CIA와 영국의 MI-6일 것이다.

CIA는 워낙에 뒤가 구린 짓을 많이 해서 유명했지만 영국의 MI-6는 조금 특이하게 007이라는 영화를 통해 유명한 정보 기관이었다.

처음에 007 영화가 큰 인기를 끌기 시작하자 영국에서는 MI-6라는 기관의 존재가 없다고 말했었다.

하지만 시간이 지나면서 결국 드러나 버렸고 영국도 인정할 수밖에 없었던 것이다.

아마 007 영화가 아니라면 아직도 영국의 MI-6는 사람들 사이에서 숨어 있을지도 몰랐다.

"이 리조트를 관리하는 것이 MI—6였다네. 물론 녀석들은 내가 이곳에 있다는 것을 모를 것이네. 다만 내가 영국과 끈이 닿아 있다는 것은 녀석들도 알고 있으니 아예 MI—6에 연락을 해서 찾아오라고 하는 거겠지……."

어떻게 보면 참 대단하기도 하지만 어떻게 보면 무모해 보이기도 했다.

도대체 무슨 자신감으로 자신들을 이렇게 부르는 건지 모르지만 오히려 진운으로서는 기다리던 소식이나 다름없었다.

찾아가도 쉽게 찾지 못하는 녀석이기에 일부러 기다리고 있었으니 말이다.

"어디로 오라고 했죠?"

"자네도 아마 대충 아는 곳으로 예상되네. 필리핀 남쪽에 있는 바실란섬이네."

베이스퍼의 말을 들은 진운이 중얼거리듯 생각하다가 자신들이 갔던 호로섬 바로 옆에 있던 조금 더 큰 섬이 떠올랐다.

"설마 호로섬 옆에 있던 그 섬인가요?"

"맞네."

바실란섬은 면적 1,282㎢, 인구 약 29만 6,000명(1995년

기준) 정도 사는 생각보다 큰 섬이었다. 주도(州都)는 이사벨라로, 행정상으로는 부근의 작은 섬 여러 개를 포함하여 바실란주(州)를 구성하고 있었다.

위치는 민다나오섬의 남서쪽 끝, 삼보앙가의 대안(對岸)에 있으며 화산성의 섬으로 스무 개 이상의 화산이 있으며, 최고봉은 바실란봉(1,011m)이 나름 유명한 편이었다.

특히나 적도에 위치한 필리핀답게 이 바실란섬도 열대우림이 섬 전체를 뒤덮고 있기 때문에 산림 자원이 풍부한 편이었다.

그런데 원래 이곳에는 이슬람 교도인 야칸족(族)이 살고 있었다.

20세기에 들어와서 임업, 플랜테이션이 개발되자 비사야지방으로부터 그리스도 교도가 다수 이주해 왔으며, 이 지방 최대의 임업중심지로 발전하면서 겉으로는 많은 발전한 곳을 보일 수밖에 없었다.

그러나 이곳의 현실을 본다면 밝지만은 않은 곳이다.

우선 1972년 민다나오섬 남부에서 일어났던 이슬람 교도 폭동의 여러 거점 가운데 하나이기도 한 역사를 가지고 있는 섬이었다.

현재도 이슬람 반군의 활동이 이어지고 있는 것으로 유명한 곳으로 MILF와는 평화협상이 계속 진행되고 있으나,

MILF 내 평화협상 반대파는 지속적으로 정부를 공격하고 있는 것이 현재 바실란섬의 현실이었다.

NPA의 경우에는 평화협상이 진전되지 못하고 있는 상태로, NPA의 테러가 계속 발생하고 있기도 하는 등 아직까지도 여러 문제가 많은 곳으로 여행객들에게 여행할 때 특히 주의를 요하는 곳이기도 했다.

특히나 평화협상의 반대파가 지속적으로 납치 등을 자행하면서 계속 정부와 대립하고 있는 형편이다 보니 정부는 MILF와는 협상을 지속하면서 기타 반군에 대해서는 공세적인 태도로 대응하고 있는 상태였다.

그만큼 바실란섬은 지금 진운 일행에게는 딱히 좋지 않은 곳인 반면 테칸과 로이칸에게는 최고의 장소였다.

반대파를 뒤에서 지원하고 있는 것이 바로 일루미나티였으니 말이다.

"골치 아픈 곳으로 골랐군요."

진운이 알고 있는 바실란섬은 관광객에게 그리 좋은 곳이 아닌 편이었기에 나직하게 말했다.

"거기는 MI—6의 눈도 닿지 않는 곳이네."

"그 말은 녀석들의 소굴이라는 말이군요?"

"뭐, 그런 셈이지."

―그럼 저희도 최대한 준비해야 되지 않나요? 지금까지

처럼 자신의 능력만 믿고 칼 들고 가기에는 아무래도 위험할 것 같은데요.

레이나가 생각해도 이것은 준비된 함정이었다.

특히나 진운과 베이스퍼를 눈엣가시처럼 생각하는 테칸과 로이칸인데 순순히 간다는 것은 바보 같은 짓이었다.

"흠……."

레이나의 말이 아니라도 베이스퍼도 이대로 계속 녀석들에게 끌려다닐 생각이 없었다.

지금까지야 녀석들이 워낙에 동에 번쩍, 서에 번쩍 하는 통에 쫓아가기 바쁘다 보니 이렇게 무언가 챙겨서 공격한다는 것을 할 수가 없었다.

하지만 이번에는 녀석들이 먼저 와서 기다리고 있으니 충분히 준비할 여유가 있는 상황이었고, 이걸 최대한 이용할 생각이었다.

"잠시만 기다리게."

그 말과 함께 손목에 차고 있던 시계의 스위치를 누르자 허공에 커다란 홀로그램이 그려지더니,

"시리 양."

대동그룹의 비서실에 있는 시리를 부르자,

[말씀하세요, 베이스퍼님.]

바로 응답이 왔다.

"바실란섬에 있는 테칸과 로이칸의 위치를 알고 싶소이다."

[그들이 그곳에 있나요?]

"녀석들이 먼저 그곳에서 기다릴 테니 찾아오라는 연락을 MI—6를 통해 나에게 보내왔더군요 그럼 거의 높은 확률로 녀석들이 있다는 생각이오."

[알았어요. 잠시만 기다리세요.]

그 말과 함께 홀로그램에 수많은 글자와 숫자가 화면 뒤로 넘어가는 장면이 몇 초 정도 지나갔을까? 다시 시리의 얼굴이 보였다.

[확인해 보니 그곳에 테칸과 로이칸이 있을 확률이 높아요, 그리고 가장 높은 확률로 예상되는 지점은…….]

말이 끝나자마자 시리의 얼굴이 사라지더니 홀로그램에 바실란섬의 지도가 나타났고 남서쪽을 살짝 기울어진 방향에 붉은 점으로 표시되었다.

[그곳이 가장 확률이 높은 예상 지점입니다.]

"고맙소, 시리 양."

[별말씀을요, 그럼…….]

그렇게 간단하게 시리와 통신을 끝낸 베이스퍼는 시리가 알려준 지점을 탁자 위에 있던 지도에 꼼꼼하게 표시를 했다.

"시리 양의 분석이라면 거의 80% 확률로 이곳에 있을 가능성이 높네."

"……"

베이스퍼는 자신의 말에 진운이 대꾸가 없자 고개를 들어 쳐다보자,

"왜 그러는 겐가?"

"그게… 너무 쉽게 찾아낸 것 같아서요."

"허허허허… 자네가 보기에는 그렇게 보이는 것도 무리는 아니지. 하지만 말일세. 시리 양은 이미 수년 전부터 테칸과 로이칸을 추적해 왔다네, 물론 내가 정보를 많이 넘겨주긴 했지만 말야."

베이스퍼의 말에 진운은 고개를 끄덕이면서,

"그걸 제가 미처 몰랐네요."

"아니네. 자네 입장에서는 뜻하지 않게 끼어든 싸움일 수도 있으니 말야. 결과적으로는 공동의 목표가 되었지만 이것만은 알아두게. 자네가 생각하는 것 이상으로 오래전부터 일루미나티와의 싸움은 시작되었다는 것을 말야."

"네."

"자, 그럼 가야겠지?"

베이스퍼가 가볍게 웃으면서 말하자,

"당연하죠!"

진운이 힘차게 대답했다.

그런데 리조트를 나온 베이스퍼가 차를 모는 방향이 조금 이상했다.

호로섬 옆에 있는 바실란섬으로 가려면 당연히 남쪽으로 가서 배를 타든지 해야 되는데 오히려 반대인 마닐라 쪽으로 올라가고 있는 것이다.

"여객기를 타고 다바오까지 갈 생각이세요?"

이미 진운과 레이나가 한 번 그렇게 여객기를 타고 호로섬으로 간 경험이 있기에 물어보자,

씨익~

진운의 대답 대신 입가에 미소를 보인 베이스퍼는,

"여객기보다 더 좋고 편리한 것을 타기 위해 가는 것이네."

"더… 좋은 거요?"

"도착하면 자연스럽게 알게 될 테니 그리 급할 것 없네."

자세한 설명은 하지 않고 차를 몰기 시작한 베이스퍼는 마닐라에 들어오자 공항이 아닌 다른 곳으로 향했다.

그리고 그가 마지막에 도착한 곳은 군사기지였다.

"여긴……."

진운이 황당해서 말하다 말자 베이스퍼는,

"내가 괜히 영국 정부와 손을 잡은 줄 아나? 이럴 때 다

써먹으려고 손을 잡은 거라네."

그러고는 안으로 들어가더니 미리 준비된 군용기 옆에 차를 세우고는 그대로 올라타 버렸다.

"나참……. 군용기를 타고 갈 생각을 하다니……."

진운은 설마 이렇게까지 쉽게 군용기를 타게 될 줄은 몰랐기에 놀라고 있었지만 오히려 이건 시작에 불과했다.

"이것을 입게."

"……??"

군용기가 이륙하고 안청권에 접어들자 베이스퍼는 진운과 레이나에게 건네준 것이 있었는데, 얼핏 보면 슈트였다.

몸의 굴곡이 고스란히 다 드러날 듯 감기는 듯한 슈트였는데 그걸 입고 나자 등에 메는 날개 같은 것을 주는 게 아닌가?

"이건 또 뭡니까?"

등에 메는 벨트가 있는 것을 보니 당연히 등에 메는 것 같은데 생각보다 제법 무거웠다.

"역분사기라고 하는 것이네."

"역분사기… 요?"

이름부터 뭔가 이상한 냄새를 풍기는 역분사기를 바라보던 진운이 의심이 가득한 눈으로 베이스퍼를 바라보자,

"하하하, 뭐… 아직 테스트 단계라서 이름이 정확하게 없

지만 다들 역분사기라고 부르니 그렇게 부르면 되네."

"…테스트기를 써야 할 만큼 저희가 급합니까?"

테칸과 로이칸이 오라고 기다리고 있는데 굳이 테스트용 기체를 써야 한다는 것은 조금 이상했다.

그런데 그런 진운의 질문에 베이스퍼는 웃으면서,

"이게 조건이거든. 역분사기를 테스트해 주는 대신 군용기를 빌려주기로 했으니 해줘야지 않겠나?"

"……."

정부와 손을 잡았으니 어쩌니 하더니 결국은 테스트용 실험쥐 신세가 되어버린 것이다.

"그런 눈으로 보지 말게. 다 생각이 있으니까 말이네. 지금 입고 있는 슈트가 있으니 혹시라도 이 역분사기가 작동하지 않으면 버리면 되네."

"…그거 버리면 저희는 어떻게 착륙합니까?"

당연히 역분사기의 덩치가 워낙 크다 보니 따로 낙하산을 준비할 공간이 없었다.

그런데 베이스퍼는 태연스럽게 역분사기가 작동하지 않으면 버리라고 말하는 모습에 진운이 한숨과 함께 대꾸하자,

"자네가 지금 입고 있는 슈트가 바로 윙 슈트여서 상관없을 것이니 걱정하지 말게나."

"윙 슈트요?"

윙 슈트는 간단하게 설명하면 날다람쥐를 본떠서 만든 특수한 슈트였다.

본래 어떤 X게임의 마니아가 날다람쥐가 나는 모습을 보고 자신도 그러고 싶다는 생각에 만들었는데 군에서 그걸 보고 빼앗아 버린 경우였다.

특히나 윙 슈트는 개인이 혼자 하늘에서 자신이 원하는 지점으로 침투하는 것이 가능한 특수한 슈트였다.

단 한 가지 문제가 있다면 멈추기 위해서는 필수적으로 낙하산을 등에 메고 있다가 펼쳐야 한다는 것이다.

진운도 윙 슈트를 알고 있기에 베이스퍼의 말에 오히려 어이없다는 듯한 말투로 물었다.

"어떻게 멈추는데요?"

"그야……."

진운의 말에 자신있게 대답하려던 베이스퍼도 순간 뭔가 생각난 듯 진운과 같은 자신의 슈트를 쳐다보더니 손목을 살짝 돌려서 차렷 자세를 하자 놀랍게도 팔과 다리에 연결된 얇은 막이 타나났다.

그리고 다시 손목을 돌려서 차렷 자세를 하자 이번에는 그냥 보통의 슈트로 돌아와 버렸다.

하지만 그게 전부였다.

특별하게 멈추거나 하는 장지가 없었던 것이다.

"…낙하산을 펴야겠군."

"그렇죠? 그런데… 저 역분사기를 등에 메는 순간 낙하산은 더 이상 착용할 곳이 없는데요?"

"음……. 생각지 못한 문제가 있었군."

베이스퍼는 진운이 말하기 전까지 전혀 생각하지도 않고 있었던 듯 심각하게 고민하더니 휴대폰을 꺼내 어딘가로 연락해서 통화를 시작하자마자 고성이 오가기 시작했다.

거의 10분가량 통화했을까?

딸각!

전화를 끊은 베이스퍼가 웃으면서 진운에게 다가오더니,

"해결책이 있었네."

"그래요?"

환하게 웃는 베이스퍼의 모습에 진운이 희망을 가졌는데, 뜻밖에도 그가 꺼낸 것은 운동화였다.

다만 조금은 투박하게 생긴 것에 신기하게 운동화 밑창이 거의 킬힐에 근접할 만큼 엄청난 두께를 가지고 있는 모습이었다.

베이스퍼가 내민 운동화의 모양만 본다면 신발로써 과연 기능이나 할까 의심스러운 신발이었다.

"이게 뭡니까? 설마 이 두꺼운 밑창으로 뛰어내리는 충격을 버티라는 말은 아니죠?"

사실상 진운이 말해놓고도 어이없는 말이었다.

물론 베이스퍼도 진운의 말에 크게 웃으면서,

"허허허허허..무슨 그런 농담을 하는겐가, 이건 MI—6에서 새로 만든 신발형 낙하산이네."

"네? 낙하산이요?"

"그렇다네, 우선 신발을 신어보게."

베이스퍼가 진운과 레이나에게 나눠주면서 자신이 손수 먼저 신발을 신는데 발목까지 완전히 감싸는 신발 때문인지 다 신고 나서 모습이 마치 번지점프 할 때 발목에 고무줄 감는 안전장치 같은 느낌이었다.

"만약에 역분사기가 고장이면 바로 버리고 나서 윙 슈트로 원하는 지점까지 날아간 다음에 멈춰야 할 지점에서 양쪽 발을 강하게 부딪치면 낙하산이 펴지는 것이지. 어떤가? 이럼 완벽하지 않는가?"

이론적으로 보면 베이스퍼의 말은 정말 흠잡을 데 없이 완벽한 계획이었다.

위험한 테스트용 기계를 사용하긴 하지만 윙 슈트로 목표지점까지 이동, 그리고 신발 낙하산으로 윙 슈트에 브레이크도 걸면서 안전하게 땅에 착륙한다는 것이 말이다.

그런데 가만히 신발을 보던 진운이,

“그럼 거꾸로 떨어지지 않아요?”

“응?”

진운의 말은 신발에서 낙하산이 튀어나오니 당연히 땅에 떨어질 때 머리부터 떨어지는 구조가 될 수밖에 없는 상황이었다.

“그야 당연하지 않나?”

그런데 진운의 말에 당연한 걸 왜 묻느냐는 베이스퍼였다.

“아니, 머리부터 떨어지면 위험하잖아요. 일반 낙하산도 잘못 떨어지면 다리뼈가 부러지는데… 머리부터 떨어지는 낙하산이라니……. 헐…….”

진운의 말이 전혀 틀린 게 하나 없었다.

그런데 그런 진운의 반론에도 베이스퍼는 웃으면서 진운에게 다가오더니,

“자네는 초인이지 않나?”

“뭐, 그야 그렇죠.”

“저기 레이나 양도 마법이라는 초인적인 힘을 가지고 있고 말야.”

“그야… 그렇죠?”

탁탁탁.

진운의 어깨를 가볍게 양손으로 두드리 베이스퍼는,

"초인답게 알아서 살아남아야지 안 그런가? 설마 그래도 명색이 초인인데 낙하산이 머리부터 떨어진다고 죽기야 하겠나? 그런 초인이라면… 앞으로 싸움에서 살아남기 힘들 것이네."

"……."

한마디로 알아서 능력껏, 안전하게 착륙하라는 말이었다.

죽으면 능력이 모자란 초인이고, 살아남으면 능력이 괜찮은 초인이라는 말도 되는 것이다.

"베이스퍼… 지금 장난합니까?"

진운은 지금 이 상황이 제발 꿈이길 바랐다.

무슨 코미디 영화도 아니고 머리부터 떨어지는 낙하산을 발에 달고 뛰어내리라니… 그게 제정신인가?

하지만 그런 진운의 발끈한 모습에도 베이스퍼는 진지한 표정으로 말할 뿐이었다.

"자네는 지금 내가 장난하는 것으로 보이는 모양이군그래?"

베이스퍼의 눈동자에는 진지함이 가득 묻어나고 있지만 결국 진운은 폭발해 버리고 말았다.

"아니!! 군용기를 타고 가는 것은 좋아요. 하지만 이건 아니죠. 무슨 실험용 쥐도 아니고 아직 테스트도 안 한 이상한 기계를 메고 지상 3천 미터에서 뛰어내리라는데 이게 진심이에요? 아니, 발에 신는 낙하산도 그렇고, MI―6에서 뭐 이딴 이상한 것만 주는 겁니까? 정말 영국 정부와 베이스퍼는 서로 상부상조하는 사이 맞아요?"

정말 터놓고 말해서 지금 상황만 보면 완전 베이스퍼가 영국 정부에 이용당하는 모습으로만 보이기 충분한 모습이었다.

"에휴… 자네가 그렇게 화내는 것도 이해는 하네. 하지만 아직 자네가 모르는 것이 있네."

"제가 뭘 모른다는 겁니까?"

촤라락~

베이스퍼는 옆에 가방에서 리조트에서 가지고 온 지도를 꺼내더니 펼치면서,

"여기 테칸과 로이칸이 있다고 예상되는 지점이 보이지 않나?"

"잘 보입니다."

진운이 대답하자 손바닥을 펴더니 지도의 반을 덮어버렸다.

그리고 조용히 말하기를,

"지금 내가 손으로 가린 부분이 모두 필리핀 정부에 반항하는 반대파, 즉 테러집단이 소유한 땅일세."

“…….”

이미 바실란섬이 어떤 곳인지 잘 알고 있었던 진운이었지만 설마하니 이 정도로 거대한 규모를 가지고 있는 줄을 몰랐었다.

“이곳을 모두 뛰어서 뚫는다는 것은 테칸과 로이칸에게 우리가 가니 준비하라는 알림밖에 되지 않는 것이지.”

베이스퍼의 설명을 들은 진운이 조금은 수그러든 듯 낮은 목소리로,

“그래서 굳이 이렇게 무리하면서까지 군용기를 탔다는 건가요?”

“당연하지 않는가? 설마 여객기에서 문 열고 뛰어내릴 수는 없지 않는가?”

“에휴, 알겠어요.”

진운은 베이스퍼가 하는 말에 결국 그냥 동의하기로 했다.

뭐 이제 와서 어쩌겠는가.

이미 군용기는 하늘에 떠서 바실란섬으로 향하고 있는데 말이다.

[곧 바실란섬에 도착합니다. 이제부터 고도를 낙하할 수 있는 지점까지 낮출 테니 준비해 주시길 바랍니다.]

안내 방송이 나오는 것을 보니 베이스퍼와 아웅다웅하는

사이에 이미 바실란섬에 다 와버린 상태였다.

"자, 힘내게. 이제 곧 테칸을 마주할 수 있으니 말야."

애써 위로하는 베이스퍼였다.

Chapter
14
현실은

"준비하게!"

베이스퍼의 외침에 진운은 참담한 마음으로 준비를 했다.

MI−6에서 지급한 물건들을 보는 진운의 심정은 복잡하기만 했다.

팔목을 돌리는 것에 따라 일반 슈트와 윙 슈트로 변하는 옷, 등에는 최신형 실험용 역분사기, 발에는 머리부터 떨어지게 되는 운동화 낙하산…….

이 괴상한 물건들을 가지고 낙하해야 하는 진운의 심정

이 오죽하겠냐마는 레이나는 이상하리만큼 조용히 베이스 퍼가 시키는 대로 따르기만 했다.

그 모습에 진운이 레이나를 보면서,

"미안해, 나 때문에……."

결과적으로 레이나는 진운이 아니면 하지 않을 고생을 하고 있는 셈이기에 사과했다.

─괜찮아. 그리고 나도 다 생각이 있으니까 걱정하지 말고 뛰어내려.

편안한 웃음을 지으면서 오히려 진운을 안심시키는 레이나였다.

그때 다시 안내 방송이 울렸다.

[곧 낙하 고도에 도착합니다. 대원의 신호가 있으면 바로 뛰어내리시기 바랍니다.]

라는 방송을 마지막으로 더 이상 안내 방송은 없었다.

대신 말없이 지금껏 옆에서 보조를 위해 있던 대원이 손을 높이 치켜들었다.

그리고 몇 초 뒤,

척!

대원의 손이 내려가자,

"뛰게나!!!"

먼저 베이스퍼가 크게 외치면서 뛰어내렸고 곧이어 진운

도 거침없이 뛰어내렸다.

마지막으로 레이나가 가장 늦게 뛰어내리고 나자 군용기는 유유히 방향을 틀어 돌아가 버렸다.

휘리리리리리릭기!!

"젠장 바람 드럽게 세네!!"

스카이 점프를 해본 적도 없고 할 일도 없었던 진운이니 지금 높은 고도에서 뛰어내리면서 맞이하는 바람의 강도가 은근히 괴로웠다.

특히나 간단하게 말로만 들었던 낙하시 자세를 유지하는 방법을 하기 위해서 몸을 펼치고 마치 개구리처럼 자세를 취하기까지 공중에서 아마 수십 번을 돌았을 것이다.

그렇게 힘들게 겨우 자세를 잡은 진운의 시선에 베이스퍼가 보였고 손짓을 보니 가까이 오라는 듯했다.

물론 베이스퍼가 있는 곳으로 가기까지도 참 힘들었지만 어쩌다 보니 베이스퍼 옆에 도착하자,

탁탁탁!!

진운을 보면서 베이스퍼가 자신의 손바닥으로 헬멧을 강하게 치는 게 아닌가?

"……???"

처음에는 저게 뭔가 싶었던 진운은 곧,

"아, 무전기!"

헬멧의 무전기를 작동하기 위해 손으로 강하게 한 번 때려야 했다는 것을 기억해 내고는,

탁!

적당한 강도로 헬멧을 때리자,

[이제야 내 말이 들리는 겐가?]

[네, 그보다 레이나는 어디에 있습니까?]

가장 마지막에 뛰어내렸을 레이나가 보이지 않아 물어보자 베이스퍼는 진운의 바로 위쪽을 보면서,

[자네 바로 위에 있네.]

[위에요?]

진운이 고개를 올려 보자 정말 레이나는 그 누구보다 안정적인 자세로 진운의 위에서 잠시 멈춰 있다가 곧 자연스럽게 진운의 옆으로 자리를 옮겼다.

[자 그럼! 이제부터 역분사기를 작동시켜야 하네.]

[알겠습니다.]

이미 빠른 속도로 떨어지고 있기에 고도가 많이 낮아진 상태였다.

낙하산도 그렇고, 지금 진운이 입고 있는 윙 슈트도 그렇고 뭐든지 타이밍이 있는 법이다.

특히나 낙하산은 꼭 펴야 하는 최저 고도가 정해져 있기 때문에 꾸물거릴 시간이 없었다.

[시작하게!]

베이스퍼의 지시에 따라 진운과 레이나도 등에 메고 있
는 역분사기의 작동 버튼을 찾아서 손가락에 힘을 주자,

위이잉잉!!!

마치 커다란 모터가 돌아가는 듯 요란한 소리가 들리더
니 놀랍게도 떨어지는 속도가 조금씩 줄어들고 있었다.

[오~ 성공이군!]

[그러게요. 이거 신기한데요?]

원리는 모르지만 정말 신기하게 역분사기가 작동을 시작
하자마자 눈에 띄게 떨어지는 속도가 줄어들더니 곧 허공
에 멈춰 버리기까지 했다.

[이번에 MI—6에서 굉장한 걸 만들었군.]

[그렇네요.]

사실 그냥 떨어지는 속도를 줄이거나 낙하산 대용으로
생각했던 베이스퍼와 진운은 마치 헬리콥터처럼 허공에 멈
춰 서자 마치 자신이 아이언맨이 된 듯한 느낌까지 받았다.

[그럼 눈앞에 표시되는 지점이 보이는 겐가?]

[네, 보입니다.]

헬멧의 눈 부분에는 이미 3차원 내비게이션까지 장착이
되어 있는 특수 헬멧이었다.

일반적인 자동차용 내비게이션이 아니라 주변의 지형이

3D로 헬멧의 안경 부분에 그려지면서 미리 입력한 곳을 향해 어떻게 가야 하는지 노란색 선이 표시되는 방식이었다.

절대로 길을 잃을 수가 없는 내비게이션이었다.

그저 헬멧에 표시되는 지표를 따라 날아가기만 하면 되니 말이다.

[움직인다.]

베이스퍼의 지시에 따라 몸을 살짝 앞으로 숙이자 신기하게 숙인 방향으로 허공에 멈췄다가 앞으로 나아가기 시작했다.

처음에는 천천히 움직여서 느린 듯했지만, 시간이 지나면서 가속력이 붙었는지 속도가 조금씩 빨라지더니 곧 웬만한 경비행기 수준의 속도까지 도달했다.

[이거… 탐나는데요?]

처음에 테스트 기계라서 믿음이 가지 않아 걱정했던 것은 이미 진운의 머릿속에서 사라진 지 오래였다.

[진운, 집중해. 여기서부터 게릴라군의 지형이니까.]

뒤에서 묵묵히 따라오던 레이나는 진운이 너무 필요 이상으로 흥분하는 듯하자 가만히 한마디 했다.

[알았어. 걱정 마.]

누가 상상이나 하겠는가? 하늘의 비행기도 아니고 사람이 허공을 날아서 이동한다는 것을 말이다.

거기다 모터가 돌아가는 소음이 약간 있긴 했지만 지금 이들의 고도를 생각하면 땅에서는 들을 수가 없는 소리였다.

그리고 워낙 크기가 작다 보니 레이더에 걸릴 일도 없었다.

한마디로 침투용으로는 최강의 장비가 탄생한 셈이었다.

그런데 내비게이션을 따라 반쯤 왔을까? 진운의 헬멧의 안경에 갑자기 붉은색으로 경고 메시지가 반짝이기 시작했다.

[뭐죠? 이건?]

[자네도 경고 메시지가 뜨는 겐가?]

베이스퍼도 경고 메시지가 뜬 듯하자 황급히 진운이 레이나를 불렀다.

[레이나, 너도 경고 떴어?]

[응, 방금 붉은색으로 떴어.]

테스트 장비였기에 매뉴얼조차 없는 상황에 갑자기 경고가 뜨자 다들 당황하기 시작했는데 동시에 등에 메고 있던 역분사기의 모터 소리가 점점 줄어들기 시작했다.

[젠장! 이거 고장난 것 같은데요?]

역분사기의 모터 소리가 줄어들면서 눈에 띄게 날아가는 속도와 함께 고도가 낮아지는 것을 확인했으니 얼른 판단을 내려야만 했다.

[역분사기를 버려야겠군.]

베이스퍼도 어쩔 수 없이 버리기로 했다.

이대로 이걸 등에 메고 추락할 수는 없는 법이니 말이다.

[아, 정말 최악의 상황이 벌어졌구나.]

조금 전까지는 정말 즐겁고 쾌적한 침투였는데 한순간 온몸에 긴장감을 가득 채워야 하는 침투로 바뀌어 버린 것이다.

고도가 점점 떨어지고 있기에 망설일 시간이 없었다.

자칫 역분사기를 버리는 타이밍을 놓치게 되면 윙 슈트를 쓰지도 못할 테니 말이다.

날다람쥐와 글라이더의 원리를 합쳐서 만든 윙 슈트는 일정 고도 이상이 되어야만 본래 사용 능력을 발휘하기에 서둘러야 했다.

먼저 베이스퍼가 역분사기를 메고 있던 벨트의 안전 버튼을 누르자,

훅!

한순간에 아래로 베이스퍼의 몸에 추락했다.

하지만 곧,

촤락!!

마치 날개를 펴듯 윙 슈트를 펼치고는 날아가 버렸다.

베이스퍼가 한 것을 본 진운은 자신도 안전 버튼에 손을
가져가고서,

[레이나, 내가 가면 바로 따라와. 알았지?]

[알았어.]

철컥!

레이나의 대답과 동시에 안전 버튼을 누른 진운의 몸이
순식간에 역분사기를 떠나 땅으로 떨어졌다.

그리고 곧바로 윙 슈트를 펼치는 데 성공한 진운이 빠르
게 베이스퍼가 날아간 방향으로 날아가 버렸다.

[성공했네.]

마지막까지 남아 있던 레이나도 자신의 안전 버튼에 손
가락을 가져가서 눌렀다.

철컥.

안전 버튼이 풀리는 것과 동시에,

[플라이(Fly).]

라는 마법 시동어가 들리더니 안전 버튼을 누르자마자
아래로 곤두박칠쳤던 베이스퍼와 진운과 달리 레이나는 허
공에 그대로 머물러 있었다.

[플라이 마법으로 그냥 가자고 처음부터 말할 걸 그랬
나…….]

레이나가 군용기 안에서 진운과 베이스퍼가 한참 싸우고

있을 때 가만히 있었던 이유는 바로 그녀는 절대로 떨어져 죽을 일이 없기 때문이었다.

사실 범용 마법으로도 사용이 가능한 플라이 마법이었지만 워낙에 진지하게 베이스퍼와 진운이 싸우고 있는 바람에 말을 할 타이밍을 놓쳐 버렸고 결국 이렇게까지 온 것이다.

만약에 역분사기가 처음부터 작동을 하지 않았다면 바로 그 자리에서 플라이 마법을 사용할 생각이었지만, 하늘의 장난인지 역분사기가 너무나 잘 작동해서 또 타이밍을 놓쳐 버린 레이나였다.

그리고 갑자기 경고 문구 때문에 당황하는 사이에 베이스퍼가 먼저 혼자 날아가 버리자 결국 단 한 번도 제대로 타이밍을 맞추지 못한 레이나였다.

[음…….]

잠시 플라이 마법으로 허공에 멈춰 있던 레이나는 문득 윙 슈트가 어떤 기분인지 궁금해서 마법을 취소해 버리고는 앞서 진운이 했던 것처럼 양팔과 다리를 벌려 슈트를 펼치고 빠르게 먼저 사라진 일행을 따라 날아가 버렸다.

Chapter 15 본거지

“에고……."

레이나가 가장 마지막에 도착해 보니 가관도 이런 가관
이 없었다.

베이스퍼와 진운이 둘 다 나란히 커다란 나무에 거꾸로
매달려서 바람에 따라 흔들거리고 있는 모습을 보면 웃음
이 나올 수밖에 없었다.

“레이나, 넌 무사해?"

—응, 걱정 마.

레이나는 이들과 달리 운동화 낙하산을 전혀 쓰지 않고

목적지에 와서 플라이 마법으로 멈춰서는 진운과 베이스퍼가 거꾸로 매달려 있는 나무 위에 사뿐히 내려섰었다.

그런 사실을 전혀 모르는 진운은 레이나가 나무를 타고 내려오자 그냥 운이 좋아서 레이나는 거꾸로 매달리지 않았다는 정도로 생각해 버린 것이다.

―줄을 끊어야겠어. 너무 엉켜서 풀지 못하겠어.

그래도 진운이 걸린 줄을 풀어주려고 했던 레이나는 포기하고 아공간에서 단검을 꺼내 낙하산 줄에 살며시 가져다대고는,

―준비해.

"응."

라는 말을 나눈 뒤에 잠시 레이나와 진운이 서로 호흡을 가다듬으면서 신호를 맞추더니,

―지금이야!

레이나가 소리치는 것과 동시에 낙하산 줄을 끊어버렸다.

휘리릭!!

제법 높은 나무였지만 떨어지던 진운은 공중에서 몸을 비틀어서 머리부터 떨어지던 것을 똑바로 바꿔 버렸고, 그 후에는 가볍게 땅에 내려섰다.

"레이나 양, 나도 좀 잘라주지 않겠는가?"

진운이 줄을 끊고 쉽게 탈출하는 모습에 베이스퍼가 부

탁하자,

─네, 준비하세요.

"응? 준비하라니?"

대답과 동시에 준비하라는 말을 한 레이나가 베이스퍼가 있는 곳으로 가지도 않고 손에 쥐고 있던 단검을 던지면서,

─지금이에요!

라는 말과 동시에 단검이 베이스퍼의 다리를 붙잡고 있던 낙하산의 줄을 끊고 지나가 버렸다.

"이런!!"

준비하라는 말이 무슨 뜻인지 전혀 모르고 있다가 졸지에 떨어지던 베이스퍼는 황급히 몸을 비틀었다.

이후 진운과 같이 거꾸로 매달려 있던 몸을 똑바로 세우면서 안전하게 땅에 착지를 했다.

하지만 땅에 내려선 뒤,

"이런… 아무래도 이번 내 계획이 레이나 양에게는 마음에 들지 않았나 보군."

그저 레이나가 결과적으로 엉망이 되어버린 침투계획 때문에 화가 난 것을 생각했지만 사실은 전혀 다른 이유 때문이었다.

플라이 마법을 사용할 타이밍을 번번이 베이스퍼가 먼저 행동으로 옮기는 바람에 실패해 심술을 부린 것이니 말이다.

아무튼 셋 다 우여곡절이 있긴 했지만 결과적으로 다친 곳 없이 원래 목표했던 지점에 도착은 한 셈이었다.

"그런데… 여기 목표지점 맞아요?"

보이는 것은 나무요, 보이는 색은 온통 초록색이 가득한 정글만 보이는 이곳이 시리가 예상한 테칸과 로이칸이 있는 곳이라는 것이 도무지 믿어지지 않는 진운이 물었다.

"잠시만 기다려 보게."

베이스퍼는 곧 시계를 들어 버튼을 누르자 홀로그램이 튀어나오더니 3D 입체로 지형의 그림과 함께 붉은색으로 점 세 개가 반짝거리는 그림이 나타났다.

"여기 이 붉은 점 세 개가 바로 우리네. 그리고… 이렇게 쭈욱~"

베이스퍼는 홀로그램을 손으로 움켜쥐듯 쥐고 돌리자 빠르게 주변의 지형이 나타났다 사라지는 것을 반복하더니 위에 숫자와 함께 푸른색의 점이 반짝이는 것이 보였다.

"음… 3킬로미터라……."

지도 상에서 보면 3킬로미터는 별거 아닌 것 같지만 이곳은 정글이었다. 결코 만만한 거리가 아니었다.

하지만 진운과 베이스퍼에게는 정글에서만큼 최고의 가이드가 있었으니 바로 레이나였다.

"레이나 부탁해."

진운이 말하자,

―알았어. 우선 잠시만.

이곳이 처음인 이상 레이나도 뭔가 알아야 할 것이 필요한지 가장 높은 나무를 향해 갔다.

그리고 마치 다람쥐가 나무를 타고 올라가듯 가볍게 몇 번 뛰어오르더니 순식간에 나무 꼭대기에 올라서 버렸다.

그리고 주변을 잠시 살펴보더니 높이만도 30미터는 가볍게 넘어 보이는 나무 위에서 그대로 뛰어내려서 사뿐히 땅에 착지했다.

―이쪽이야.

숲의 종족 엘프답게 한번 방향을 잡은 이상 거칠 것이 없었다.

타타탁! 타타탁!!

세 명의 초인이 정글을 지나가는 것은 그 어떤 것보다 빨랐으니 말이다.

마치 윙 슈트를 입고 하늘에서 날아가는 것과 비교될 만큼 빠른 속도로 나무와 나무 사이를 뛰기 시작한 지 얼마나 되었을까?

―여기야.

순식간에 최종 목적지에 도착한 일행이었다.

"이런 정글 깊은 곳에… 저런 건물이라니……."

놀랍게도 사람의 손이 전혀 닿았을 것 같지 않은 정글의 깊숙한 이곳에 돌로 쌓아올린 석벽이 우뚝 솟아 있었다.

거기다 규모도 웬만한 규모의 성을 보는 듯 엄청난 위용을 자랑했는데 돌의 색이나 느낌을 보면 최소 몇천 년은 전에 지어진 유적처럼 보였다.

"게릴라 녀석들 유적에 자신들의 본거지를 만들어 놓고 있었군."

유적에 자신들의 은신처를 만들어서 지내고 있는 게릴라군의 모습에 베이스퍼도 황당한 표정일 수밖에 없었다.

누가 생각이나 했겠는가? 유적을 자신들의 본거지로 삼고 있다니 말이다.

아니, 알아챘다고 해도 쉽게 공격하기도 쉽지 않을 것이다.

정부의 입장에서는 유적을 훼손시키면서까지 게릴라군을 처리한다고 해도 뒤에 엄청난 비난과 함께 유적을 향해 총을 들이민 정부라는 꼬리표가 죽을 때까지 달려 있을 테니 말이다.

"누군지 몰라도 정말… 대단히 머리 좋은 녀석이 게릴라군에 있는 듯하네요."

진운도 유적의 석벽을 자신들의 방패로 삼고, 유적의 내부를 자신들의 집으로 삼아 지금까지 정부를 향해 공격을 했다는 것은 정말 대단한 녀석들이라는 말밖에 나오지 않았다.

이곳은 워낙에 정글 깊은 곳이다 보니 식료품부터 다른 기타 생필품을 옮기는 것도 결코 쉬워 보이지 않았는데 이런 곳에서 수십 년간 정부를 상대로 싸우고 있으니 말이다.

찌잉~

"……!!!"

유적을 보면서 나름 감탄하던 진운은 갑자기 손가락에 끼워진 게이타가 강렬하게 반응하는 것에 놀라듯 게티아를 보았다.

지금까지 잠잠했던 게티아에 푸른빛이 감돌면서 선명하게 반짝이고 있었다.

"약속대로 이곳에 있구나, 테칸……."

마기를 감지하는 게티아가 이처럼 강렬하게 반응한다는 것은 테칸이 있는 것이 확실했다.

어쩌면 로이칸도 같이 있을 것이다.

두 명의 강력한 마기 사용자가 함께 있으니 게이타가 이렇게 강하게 반응했을지도 모르니 말이다.

"듣던 중 가장 반가운 소리군."

베이스퍼도 진운의 확신에 찬 눈빛에 제대로 찾아왔다는 생각을 하고는 허공을 향해 양손을 뻗었다.

덥썩.

아공간에 손을 집어넣어 자신의 검 두 자루를 꺼낸 베이스퍼는 언제나 하던 대로 검을 하나로 합쳤다.

휘리릭!!!

백색의 검과 붉은색의 검이 서로 엉키듯 융합되더니 이번에는 검면이 넓은 곡도 모양의 조금은 독특한 샴쉬르와 비슷한 검으로 변했다.

어떻게 보면 시미터를 닮은 듯하지만 검면이 워낙에 커서 마치 중국에서 자주 사용하는 곡도와 삼쉬르의 중간 형태에 가까운 듯했다.

"그럼 저도."

진운도 자신의 아공간에서 커다란 대검의 칼라드볼그를 꺼내 등에 착용했다. 그런데 이번에 레이나가 자신의 아공간에서 꺼낸 것은 검이 아니라 활이었다.

그런데 특이한 것이 활의 양쪽 끝에 칼날이 달려 있는 독특한 활로, 화살도 없이 그냥 그것만 꺼내더니 아공간을 닫아버리는 것이다.

"화살은?"

진운이 이상해서 물어보자,

─이건 화살이 필요없어.

"응? 화살이 필요없다니?"

활을 사용하는데 화살이 필요없다는 레이나의 말에 진운이 이상하게 생각하자,

싱긋~

가볍게 웃은 레이나가 방금 꺼낸 활의 시위를 잡고 당기기 시작했다.

끼이이익.

활시위를 당기기만 했는데 마치 금속이 구부러지는 듯 둔탁한 소리가 들리더니 거의 활시위를 끝까지 당겼다고 느껴질 때쯤,

쉬리리리릭!!!

놀랍게도 화살이 있어야 되는 곳에 작은 바람이 불면서 바람의 소용돌이가 그려지더니 순식간이 늘어나면서 화살 모양으로 변해 버렸다.

"…헐……."

"…대단하군……."

진운도 레이나가 활을 쓰는 모습을 본 적이 없었기에 크게 놀랐고 베이스퍼도 놀라는 게 당연했다.

사실 지금 레이나가 꺼낸 이 활은 하이엘프에게만 주어지는 특수 무기로, 엘프 탄생의 시조가 되는 세계수라는 나무의 가지로 만든 활이었다.

세계수의 가지로 만든 활은 정말 강하고 공기를 이용해서 살아 있는 화살을 얼마든지 만들 수 있는 장점이 있는 반면, 이 활의 시위를 당길 수 있는 하이엘프가 엘프의 역

사상 손에 꼽을 만큼 적다는 것이 최대 단점이기도 했다.

본래 레이나도 처음 이 활을 받았을 때 시위를 당기기는 커녕 들고 있기도 힘들어했었다.

하지만 바벨의 탑에서의 경험과 진운과 함께하면서 경험이 쌓여서 이제야 활을 다룰 수 있는 경지에 오른 것이다.

엘프 하면 당연히 가장 먼저 떠올리는 것이 활일 것이다.

그만큼 엘프에게 활은 최고의 무기이자 최강의 무기였으니 말이다.

—우선 쓸데없는 보초병부터.

힘껏 당기고 있던 활의 시위를 놓자,

핑!

하는 짧으면서도 날카로운 소리가 들리더니 놀랍게도 활에서 만들어진 살아 있는 소용돌이 화살이 마치 미꾸라지가 장애물을 피해가듯 나무와 장애물을 피해서 레이나가 원하는 녀석의 목에 꽂혀들었다.

휘리릭!

임무를 완수한 화살은 자동으로 허공으로 흩어지면서 다시 공기로 돌아가더니 사라져 버렸다.

처음의 화살이 녀석의 목에 꽂히는 것을 확인한 레이나는 자신감을 얻었는지 다시 활시위를 힘차게 당겼고,

핑! 핑핑!!

마치 속사포를 쏘듯 빠르게 화살을 날려 버렸는데, 날아
간 화살은 처음 것과 마찬가지로 살아 있는 듯 알아서 장애
물을 피해 날아가 목표에 적중한 뒤 허공으로 사라져 버리
기를 반복했다.

겨우 활시위를 열 번 당겼을 뿐인데 유적의 벽 위에서 보
초를 서고 있던 열 명의 게릴라 전원이 목에 바람 구멍이
뚫리면서 죽어버린 것이다.

—갈까?

"응? 아, 응. 가야지."

레이나가 활로 보초병을 처리해 준 덕분에 확실히 상황
이 유리하게 흘러가기 시작했다.

그런데 그런 와중에도 진운은 레이나를 보면서,

'정말… 내가 전생에… 세상을 구했나……?'

아무리 생각해도 레이나는 자신에게 너무 과분한 여자라
는 생각이 들었다.

물론 그런 잡념에 가까운 생각도 유적의 성벽에 도착하
고서는 뇌리에서 사라져 버렸지만 말이다.

지금은 오직 테칸과 로이칸을 상대하는 것에 집중해야
될 시간이었으니 잠깐의 잡념은 금방 머릿속에서 사라져
버렸다.

"오랜 시간을 기다렸다, 테칸……."

쫘악!!

양손의 주먹을 강하게 움켜쥔 진운이었고, 그 옆에 베이스퍼도 자신의 검을 강하게 움켜쥐고 있었다.

"가자!"

진운의 외침과 동시에 레이나와 진운 그리고 베이스퍼의 몸이 땅을 박차고 올라 유적의 성벽을 타고 뛰어올라가 순식간에 보초병들이 서 있던 벽의 꼭대기에 도착했다.

—어떻게 할까? 시끄럽게 해서 혼란을 줘? 아니면 조용히 테칸과 로이칸만 찾을까?

먼저 우위를 점하고 있는 상황이다 보니 조금은 이상하지만 여기서 선택권이 생겨 버린 것이다.

하지만 생각은 그리 오래하지 않아도 충분했다.

"올라와서 보니 벽만 유적이고 안에는 게릴라들이 생활하면서 이미 다 바뀌 버렸으니 굳이 조용하게 테칸과 로이칸만 찾을 필요가 없겠지? 어차피 녀석들과 붙으면 주변이 시끄러워질 텐데."

—알았어.

진운이 화려하게 가자는 의견을 말하자 레이나는 즉시 활을 등에 걸치고는 양손에 마나를 집중하더니,

—파이어 익스플로전(Fire explosion).

이라고 작게 중얼거리며 마법의 시동어를 말하자 레이나

의 주변으로 축구공만 한 순백색의 구체가 하나둘 생기기 시작했다.

시간이 지날수록 그 숫자가 점점 늘어나더니 급기야 이들이 서 있는 머리 위에 백색의 구체가 가득 찰 정도였다.

"레이나… 이걸 다 던지게?"

─응.

파이어 익스플로전의 마법은 일반적인 폭발 마법의 열 배나 강한 위력을 가지고 있는 특징이 있었다.

지구의 무기에 비교하면 RPG용 소이탄이라고나 할까?

그만큼 살상력과 폭발력 거기에 불꽃까지 주변의 모든 것을 태워 버리니 전쟁용 마법으로는 최고로 꼽힐 수밖에 없는 전쟁 마법의 꽃이었다.

그런데 지금 레이나는 그런 파이어 익스플로전 구슬을 무려 수십 개나 만들어서 허공에 띄워놓은 상태였다.

만약에 이걸 저 아래 게릴라들에게 쏟아붓는다면?

한마디로 녀석들은 자다가 집중적으로 융단폭격을 맞는 것이나 다름없을 것이다.

진운이 조금은 걱정스러운 듯 표정을 짓거나 말거나 레이나는 수십 개의 파이어 익스플로전 구슬을 모두 자신의 제어권에 놓는 것을 성공했는지 양팔을 아래로 내리면서,

─폭격.

이라는 단 한마디만 했다.

그리고 벌어진 것은 한순간에 눈앞에 있던 모든 것이 새하얀 빛과 함께 사라지는 모습뿐이었다.

"……."

다른 건 몰라도 지금 이 마법의 위력만큼은 베이스퍼도 너무 놀라서 할 말을 잊어버린 듯 멍하니 유적의 석벽 위에서 아래를 내려다보고 있을 뿐이었다.

"한 방에 깨끗해졌구나."

정말 이 말이 정확한 표현일 만큼 파이어 익스플로전 마법 폭격에 게릴라들의 본거지 정도는 거의 몇 초 만에 깨끗하게 청소해 버리는 레이나였다.

"진운 군……."

"네?"

베이스퍼가 조용히 진운을 부르더니 손을 살며시 잡으면서,

"애인에게 잘해주게. 웬만하면… 화나게 하지 말고……."

조용히 신신당부하는 베이스퍼였다.

『바벨의 탑』 11권에 계속…

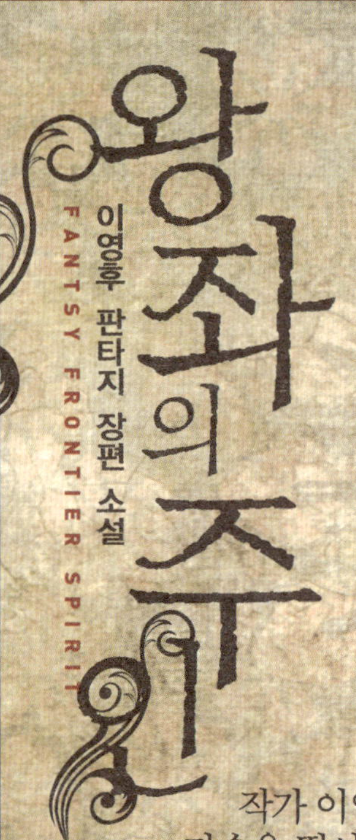

가면의 마존
눈매 新무협 판타지 소설
FANTASTIC ORIENTAL HEROES